Les Jardins de Zagarand

Du même auteur

Romans

La Libraire de la place aux herbes, Eyrolles, 2017 ; J'ai lu, 2019.

Il y a tant d'aurores qui n'ont pas encore lui, Le Passeur, 2018 ; au format poche sous le titre : *Les Orphelins de l'aurore*, J'ai lu, 2020.

Mon cœur contre la terre, Eyrolles, 2019 ; J'ai lu, 2021.

Essai

Abécédaire de l'écologie joyeuse, Bayard, 2020.

Éric de Kermel

Illustrations de Valentine Plessy

Les Jardins de Zagarand

roman

Flammarion

ISBN : 978-2-0802-3960-0

À Arthur et Élise,
Aux Naciri.

« Les pays qui n'ont plus de légende
seront condamnés à mourir de froid. »

Patrice de La Tour du Pin

« L'homme n'est pas aujourd'hui plus
mauvais qu'hier mais il est plus perdu. »

Christian Bobin

CARTE DE ZAGARAND

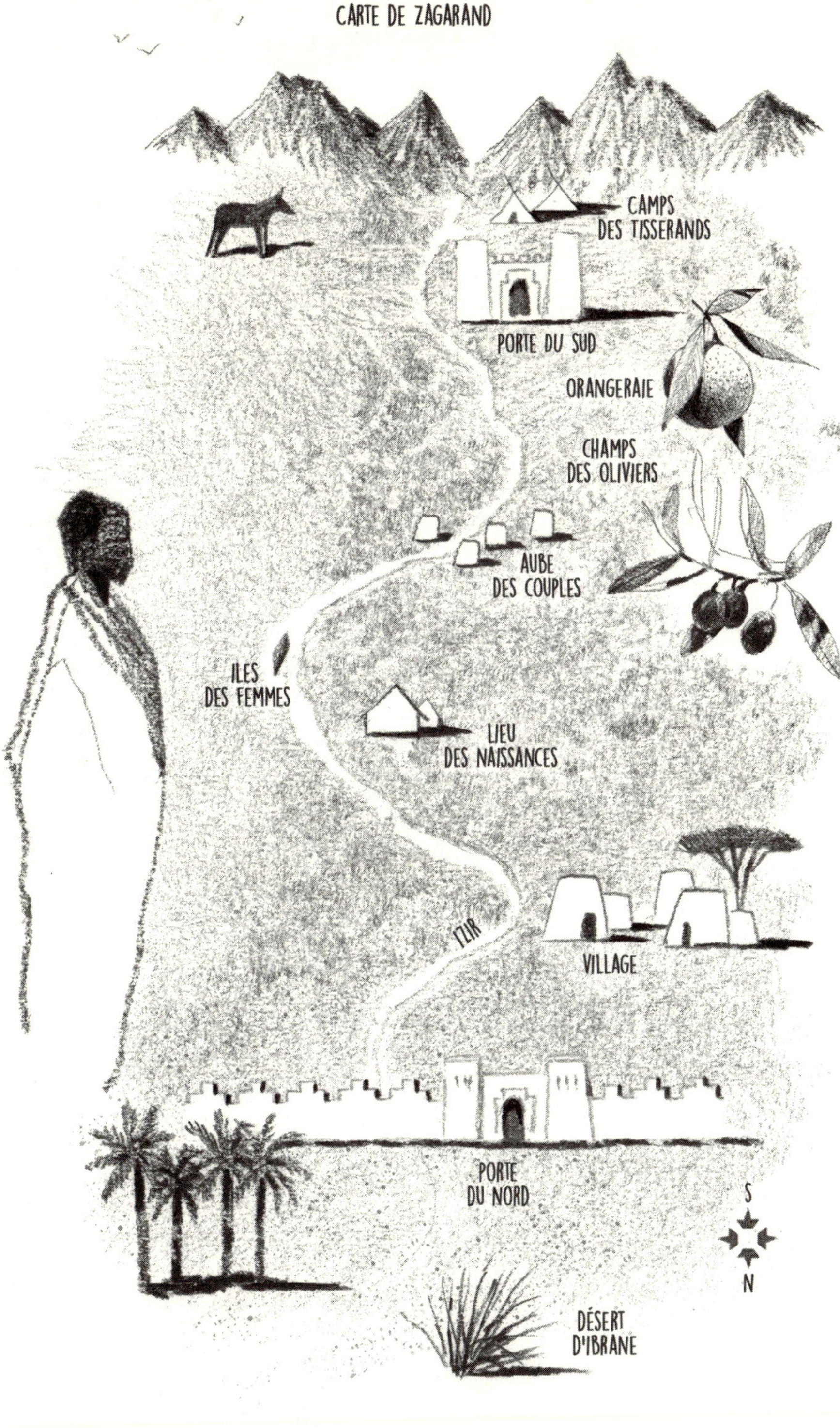

La chute

Mon frère,

J'ai appris ta douleur par une lettre de notre père.

Sa mort n'est pas.

Mais ta douleur si.

Tu vas devoir travailler cette douleur comme on travaille une terre aride. Tes mains saigneront lorsqu'elles se cogneront aux pierres.

L'Occident ne sait que faire de ses morts qui l'encombrent et dérangent le cours de son fleuve. Au lieu de vivre avec, il tente de les taire, les oublier, les perdre à jamais pour que le fleuve continue de couler entre les digues.

Viens !

Tu es le bienvenu ici avec ta douleur.

Tu es le bienvenu ici pour retrouver ton fils qui n'est pas mort.

Avec la tendresse de ta sœur qui regarde le jour se lever dans la palmeraie.

Mathilde

Les lettres de Mathilde sont rares. Elles sont courtes également.

Les lettres de Mathilde sont toujours écrites à l'encre bleue sur un papier d'herbes et de feuilles d'oliviers où l'on perçoit parfois la trace d'une tige, d'un pétale.

Depuis qu'elle est partie là-bas, mon père et moi n'en recevons qu'une chaque année, rédigée le jour du solstice d'été.

Ses mots bleus sur cette feuille argentée qui vibre à la lumière interrompent mon cri.

Un cri qui n'a pas cessé depuis l'annonce de sa mort.

Tantôt silencieux, tantôt étouffé les dents plantées dans mon bras, parfois hurlement en regardant le soleil à m'en brûler les yeux ou, au plus nuit de la nuit, quand je me réveille criant de la douleur de l'enfant que l'on m'a arraché.

Je suis un homme emmuré dans une citadelle de douleur.

Nul ne parviendra à me rejoindre, pensai-je avant de recevoir cette lettre de Mathilde.

À chacun sa Passion.

Avant je croyais que la passion était un breuvage composé de joie et de folie.

J'ai découvert qu'elle pouvait aussi vous prendre dans le creux d'une main sombre, transcender l'ordinaire d'une vie non vers des cieux clairs, mais dans les ténèbres des pères orphelins de leur fils.

À l'annonce de sa mort, j'ai senti la couronne d'épines ceindre mon front.

Aucune rose au milieu des épines.

Puis j'ai vu son corps.

« Il dort », aurait dit Rimbaud si mon fils avait été soldat, trouvé sur un champ de bataille.

De ce moment, je garde le souvenir de la révolte.

Jamais de ma vie d'homme je n'ai perçu combien toutes les particules qui composent un corps peuvent se révolter au point de n'être plus que braise incandescente.

Je brûlais en moi-même et me brûlais à moi-même.

Je voulus le prendre dans mes bras, mais je ne sentis plus que la dureté. Tel le bois de l'arbre abattu qui n'accueille plus d'oiseau dans ses branches.

Les oiseaux ne se posent pas sur des branches à terre.

La mort d'un fils se moque des frontières et des siècles.

La mort d'un fils est le plus grand scandale que le monde ait créé.

C'est la raison pour laquelle il faut laisser Dieu en dehors de cela. Jamais il n'aurait permis tel crime à la vie, tel poignard dans le dos de l'humanité.

La mort d'un fils est un rendez-vous qui déchire toutes les autres pages du calendrier d'une vie.

Depuis le matin de sa mort, l'harmattan s'engouffre dans chacune de mes respirations.

Mais on ne décide pas de ne plus battre du cœur.

On ne vit pas. Enveloppe, illusion, déguisement de vie. Mais on ne vit pas.

On reste ; douleur parmi les douleurs des pères qui ont perdu leur fils.

Perle noire d'un collier invisible qui traverse le monde et relie des hommes inconnus les uns aux autres. À celui du bidonville de Calcutta qui voit brûler son enfant sur le Gange, aux empereurs et aux rois qui, malgré leurs cavaliers armés sur de grands chevaux ne vaincront jamais sur ce champ de bataille, et chercheront leur vie durant dans les jardins de leur palais l'éclat de rire de l'enfant parti pour toujours.

Est-ce pour recevoir la douleur des pères que l'on a bâti des cathédrales ? Mais est-il une église assez grande pour accueillir tous les cierges des pères en larmes…

Si je venais à croiser un seul de ces hommes, je sais que je le reconnaîtrais à l'ombre de sa nuit dans le regard.

J'ai aimé mon enfant sans fin, donnant tout, prenant tout.

J'étais dans les tribunes de sa vie pour que chaque jour il perçoive combien il était mon héros !

Et je le regardais du cœur, je le regardais de tout mon cœur, passager de sa vie, embarqué pour le meilleur, je croyais, je le voulais tant !

Les pères croient en leur puissance. Mais le chemin d'une vie n'appartient qu'à celui qui la vit. Les fils sont libres, et c'est bien ainsi.

Et le père, chaque jour passant, apprend davantage l'humilité de son propre chemin. La place du père n'est pas devant le fils. Le fils doit marcher le regard large, sans être encombré du père.

J'ai tant voulu qu'il marche loin, qu'il marche haut. J'aurais donné ma vie pour qu'il aille toujours plus loin, plus haut.

Mais donner ma vie n'aurait pas changé la sienne. Impuissance ultime.

Cendres.

Cendres du fils dans les mains de son père.

Qui a imaginé un jour qu'un père puisse plonger la main dans les cendres de son fils ! Alors que quelques jours avant ces mêmes mains entouraient l'enfant de leur amour, caressant ses cheveux, son cou, son visage, ce sont elles qui, encore chaudes de cet amour, empoignent des cendres qui glissent entre les doigts, s'échappent. Rien ne peut être retenu.

Son souffle disparu n'avait-il pas déjà ôté tout le souffle du monde qu'il faille insister plus encore.

Je regarde la lettre de Mathilde comme une anomalie.

Elle ressemble à un bouquet de tournesols qui jaillirait au milieu des pierres de granit d'un cimetière irlandais.

Presque inconvenante avec ses reflets d'argent qui font briller mes yeux.

Je ne sais qu'en faire.

Je ne sais comment mon père a pu prévenir ma sœur.

Chaque année, seul un avion de l'aéropostale dessert Zagarand.

Aucune communication téléphonique n'est possible avec ce territoire isolé.

On va à Zagarand une fois dans sa vie, et l'on n'en revient pas dit la légende.

Mathilde est partie il y a neuf ans après avoir achevé ses études d'anthropologie.

Mon père a dû affréter un avion pour la prévenir.

Comme au moment de la mort de notre mère, il y a cinq ans. Mais Mathilde n'était pas venue.

En retour, l'avion avait transporté une simple lettre adressée à mon père, sur ce même papier végétal :

Maman est avec moi chaque jour.
Elle brille comme le plus beau des astres du ciel.
Vis en paix, toi que j'aime plus que tout.

Je me rappelle la main de mon père serrant la mienne devant le cercueil de notre mère. Dans l'autre, il tenait la lettre de sa fille.

Mon fils a-t-il toujours bien senti combien je serrais sa main. La sent-il par-delà la mort, par-delà les cendres ?

Zagarand

Mathilde, depuis toujours, n'avait cessé d'être dans l'intranquillité.

Elle donnait sans garder de réserve, sans prévoir le lendemain. Car chaque combat était une urgence. Ce sont ses voyages sur tous les continents qui furent le creuset de ses indignations. Indignations féministes, indignations écologistes dont elle finit par conclure qu'elles étaient étroitement liées.

Mathilde aurait pu mourir de ses combats ; accrochée à la proue d'un bateau devant des chasseurs de baleines ou debout pour protéger des femmes et des hommes décharnés venus d'Afrique à bord d'esquifs dérisoires.

Mais, un jour, elle poussa la porte de ce monastère blanc qui domine la Méditerranée sur une île où l'apôtre Paul avait écrit son ultime lettre, la treizième, à l'intention des Romains.

De retour de cette île, ma sœur m'avait rejoint chez nos parents, dans la maison des collines au pied de la montagne Sainte-Victoire.

Elle m'avait indiqué qu'elle ne voulait plus lutter en opposant les chocs aux chocs, les hurlements aux hurlements, et que tout ce que nous avions bâti sur les seules motivations de l'orgueil et de la domination s'écroulerait. Que tout ce qui avait été conquis par la force et la violence s'assécherait de l'intérieur. Que les fleuves deviendraient lits de pierres d'avoir été tant souillés et les terres infertiles d'avoir été tant labourées.

« Tu connais Teilhard de Chardin ? », m'avait-elle demandé sans attendre ma réponse avant de le citer : « Un jour, quand nous aurons maîtrisé les vents, les vagues, les marées et la pesanteur, nous exploiterons l'énergie de l'amour. Alors, pour une seconde fois dans l'histoire du monde, l'homme aura découvert le feu. »

C'est la dernière fois que nous nous sommes vus.

Le lendemain, descendant dans le jardin de la maison, je vis ses persiennes closes.

Mathilde ne fermait jamais ni volets, ni fenêtres. Elle voulait recevoir le souffle du vent.

Je montai dans sa chambre et trouvai une carte avec ces mots :

Maman, papa, mon frère,

Je pars à Zagarand.
J'ai hâte de découvrir le feu...

— Où est Zagarand ?, a demandé mon père.

— Je ne sais pas, lui avais-je répondu.

Les murs du salon où mon père travaillait étaient couverts de bibliothèques, remplies de livres d'histoire, d'archéologie, de géographie, de philosophie, de littérature et de poésie. Un vrai bureau de professeur d'histoire.

Pendant qu'il se mettait à consulter différents atlas, je cherchais de mon côté sur Internet sans résultat.

C'est lui qui finit par trouver quelques mots dans un vieil atlas historique de l'Afrique : « Zagarand. Comptoir de la route des Indes aux confins du Sahara. »

Aucune représentation de Zagarand sur le moindre planisphère ni sur aucune carte, dont pourtant mon père possédait de nombreuses éditions anciennes.

— Je vais appeler Yves Thorame.

Et c'est ainsi qu'il téléphona à celui qui non seulement était son ami, mais avait accompagné Mathilde jusqu'à l'obtention de sa thèse en anthropologie.

Après un long échange avec le professeur, il nous dit :

— Zagarand est un territoire oublié, un confetti dans une oasis saharienne. C'est une province qui a appartenu à l'empire des Touaregs. On sait juste que la terre de Zagarand contient des pigments naturels exceptionnels. Ce fut longtemps un matriarcat. Yves m'a dit que depuis que Mathilde était revenue de Guinée-Bissau et de son séjour chez les Bijagos, elle rêvait d'aller vivre à Zagarand pour découvrir une autre tribu gouvernée par les femmes et qui n'a jamais fait l'objet d'aucun écrit.

— Les pigments naturels. Ça doit être très beau !

Ma mère avait les larmes aux yeux et ne parvint à prononcer d'autres mots. J'imaginais combien une mère peut être bouleversée quand elle comprend que sa fille s'éloigne autant.

Mon père fit revenir son sourire en s'exclamant :

— Au moins nous savons qu'elle est très à l'aise au sein d'une société matriarcale ! Elle ne connaît que ce schéma depuis sa naissance.

Je pris ma mère dans les bras.

Il est vrai que Mathilde et elle ont toujours donné le tempo à notre vie familiale. Ce sont elles qui lançaient les grands travaux du domaine viticole dont ma mère, fille unique, avait hérité. Elles qui choisissaient le moment où vendanger en début d'automne et celui de la cueillette des oliviers en hiver.

Elles également qui décidaient où nous partirions pour le grand voyage annuel familial qui ne pouvait avoir lieu qu'après que le moulin eut broyé les olives et que l'huile ambrée fut mise en bouteille.

— Tu iras la voir, maman…

Mais ma mère ne revit jamais sa fille.

Elle fut emportée deux ans plus tard, une nuit de pleine lune, par un soir d'été. Mon père était seul avec elle. Comme souvent, il lui lisait un poème, sous la varangue du jardin. Elle se blottissait contre lui et ils regardaient ensemble la lune se lever. C'est sur les mots de Victor Hugo que ma mère eut un frisson.

Tu me parles du fond d'un rêve
Comme une âme parle aux vivants.
Comme l'écume de la grève,
Ta robe flotte dans les vents.

Je suis l'algue des flots sans nombre,
Le captif du destin vainqueur ;
Je suis celui que toute l'ombre
Couvre sans éteindre son cœur.

Ma mère n'entendit pas la troisième strophe.

Mon père sentit son épouse de tout son poids peser contre lui.

« À celle qui est voilée » était le nom du poème.

Depuis, il vit toujours avec l'idée que sa femme est de l'autre côté d'un voile. Que lui ne peut la voir ni l'entendre mais qu'elle, si. Il lui parle et ne s'endort jamais sans lui lire de la poésie.

Dans l'Église, devant le cercueil noir de sa femme, il acheva la lecture du poème interrompu, puis il déposa un voile blanc sur le bois sombre.

Je vais rejoindre Mathilde.

Mais je ne peux partir sans aller voir mon père et lui promettre que je reviendrai. Le père qui a perdu son fils sait plus que nul autre combien un fils peut manquer à son père. Je veux qu'il perçoive que ce n'est pas d'un sable léger que nos liens sont faits mais de la roche dure, travaillée depuis mon enfance, des jours et des nuits de nos échanges, de tout ce qu'il n'a jamais cessé d'être. Tendre et exigeante bienveillance. Pardons accordés à l'ingratitude de l'adolescence. Rose des vents qui jamais ne s'égare…

Je partirai, mais prendrai l'engagement de revenir parce que simplement je l'aime et que ma douleur n'a pas tari cette source-là.

Dalinn

— C'est là !

Comment sait-il que c'est là…

Je ne vois rien.

— Pour Zagarand, il faut suivre une piste. Tout droit. Mais vous devez prendre un guide. Sinon vous n'y arriverez pas. Allez au vieux marché et demandez Ismaël.

— Merci.

Nous sommes dans un nuage où le sable s'immisce dans chaque interstice. Mes narines, ma bouche, mes yeux en sont remplis.

Cela fait deux jours que je suis dans ce bus.

Plus nous roulions vers le sud plus mes compagnons de voyage en débarquaient pour finir par me laisser seul avec un chauffeur qui ne s'arrêta que deux heures pour dormir à même la terre, au pied de la roue avant.

J'étais le seul à la peau claire. Chacun dans ce voyage était indifférent à son voisin.

Seule une femme, qui régulièrement était envahie par sa tristesse, débordait de larmes et provoquait alors chez tous les voyageurs une courte psalmodie où chacun, à sa voix, disait : « *Tan da tan dalinn, dalinn tan da tan.* »

La femme alors séchait ses larmes et répondait : « *Dalinn, dalinnn, tan da tannn* », traînant sur les « n » comme une plainte venue de loin.

Elle fut la dernière à rester avec moi jusqu'à cette halte improbable auprès d'un village aux maisons basses avec des toits en terrasses.

Des dizaines d'hommes et de femmes l'attendaient. Depuis combien de temps attendaient-ils ainsi. Chacun était habillé en blanc avec une grande étole rouge. Blancs comme la chaux des maisons, un blanc légèrement bleuté. Le village semblait avoir été intégralement repeint tellement tout était clair, sans tâche ni fissure sur le moindre mur.

Quand la femme sortit du bus, ils chantèrent en chœur : « *Dalinn, dalinn tan da tan* », à plusieurs reprises, et de plus en plus fort, dans un mouvement qui me fit frissonner. Cela dura longtemps.

La femme regardait le ciel, les bras levés, et brusquement elle s'effondra.

Un homme sortit alors de la foule, la prit dans ses bras et s'engagea seul dans une ruelle du village. L'attroupement se dispersa comme si rien n'était arrivé.

Alors seulement le bus repartit.

— Qu'est-il arrivé à cette femme ? demandai-je au chauffeur.

— Elle va se marier. C'est la première fois qu'elle vient dans ce village. L'homme qui l'a emmenée sera son mari. Elle ne découvrira son visage qu'à son réveil.

— Mais pourquoi ? D'où vient-elle ?

— Du nord. Ici les femmes sont stériles. Il y a dix ans, un produit a été dispersé sur les blés par un avion. Il devait permettre deux récoltes annuelles au lieu d'une seule. Il y a bien eu deux récoltes malgré une année sans pluie. Une seconde année, le produit a été répandu. Mais aucune des femmes du village ne fut enceinte. Le lien a été fait entre la chimie et leur stérilité. Même les plus jeunes filles sont stériles. Plusieurs villages du sud sont ainsi. Alors le roi a décidé d'envoyer des femmes du nord pour repeupler la région. Elles obéissent, mais sont tristes de quitter leur famille. Chaque homme de vingt ans reçoit ainsi une femme bénie par le roi.

— C'est terrible…

— C'est comme ça. Mektoub !

Ces heures passées dans ce bus ont fait taire le temps.

Blotti contre la vitre, j'ai regardé le paysage défiler. Plus nous nous sommes éloignés des faubourgs de la ville plus les habitats ont été dispersés. Les villages couleur terre sont devenus blancs.

Quelques silhouettes travaillaient une terre aride, poussaient des charrues accrochées aux flancs décharnés de mules dont la tête pointait vers le sol.

Parfois, autour d'un puits, des femmes tiraient de l'eau qu'elles transportaient dans de grands bidons orange, suivant des sentiers marqués de ces allers-retours répétés jusqu'à l'eau.

L'eau…

L'eau est une frontière invisible entre les deux côtés du monde. Pour certains, elle vaut plus que tout. Car l'assoiffé se moque de l'or et du diamant. Sa soif l'obsède au point qu'aucune autre pensée n'est possible. Boire est sa seule quête.

J'envie presque l'assoiffé. Je voudrais être assoiffé pour ne plus penser à rien d'autre qu'à trouver de l'eau. Mais ma sécheresse est sans désir.

Devant ce paysage qui défile, hypnotique, je laisse mon esprit flotter entre deux sommeils.

Je sais qu'ensuite il faudra marcher.

Tamara est le terminus de cette ligne de bus improbable qui ne circule qu'une fois par mois.

Tout est enveloppé dans la lumière safran floutée par le sable.

— Où est le marché ?

— Dans cette direction. Là où tu entends les moutons…

Le marché est composé de grandes tentes blanches qui forment un cercle et protègent ainsi son centre du vent du désert.

Des hommes et des femmes transportent des paniers tressés qui sont vidés sur des nattes par certains et remplis par d'autres de fruits et légumes achetés aux commerçants. Les étals sont beaux, les fruits colorés égayent ce paysage et semblent vaincre la tempête de sable. Des moutons sont parqués dans un enclos de fortune. Dans des cages, des tourterelles sont vendues ainsi que de longs lézards verts. Au centre de la place, des tabourets bas entourent des tables en bois brut où sont posés des plats en terre. C'est la valse des tajines qui cuisent en rangs sur une longue allée de braises. L'odeur de la menthe chaude se mêle à celle des épices.

Je m'assois à une table en indiquant que je cherche Ismaël.

Je mets longtemps à prendre conscience qu'il y a quelque chose de particulier ici. Un calme, une lenteur…

Soudain je comprends que manque le bruit des moteurs à essence.

Un autre monde que je ne connais pas commence ici. Celui où les horloges ont abandonné leurs aiguilles, où le temps prend son temps. Les gestes des femmes, le sourire des hommes, le mouvement des fruits qui vont des plateaux de pesées aux paniers. Seuls les bruits des hommes et des bêtes. Rien ne se fait sans que de longs échanges éclairent les visages.

Je bois à courtes gorgées mon thé brûlant et remarque soudain qu'un homme s'est assis à mes côtés sans que je m'en rende compte.

Grand, les cheveux gris en bataille, les muscles saillants, l'homme tourne son visage vers le mien. Un bandeau blanc recouvre ses yeux.

Que savoir d'un homme dont on ne voit pas les yeux.

— Je suis Ismaël. Il paraît que vous cherchez un guide pour vous accompagner à Zagarand…

Ismaël tend ses mains vers mon visage, s'y attarde et en suit les contours.

— Vous êtes guide ?

— Oui, le seul pour Zagarand.

L'homme sourit.

— Ça vous étonne ?

— Un peu. Souvent les aveugles sont guidés et ne sont pas ceux qui guident.

— Je connais chaque pierre du chemin de Zagarand comme personne. Je l'ai parcouru les mains contre la terre.

— Pourquoi cela ?

Sans me répondre, l'homme poursuit.

— Vous savez qu'il faut plusieurs jours pour rejoindre Zagarand ? D'abord la plaine aride puis les monts d'Heigar, les falaises, et enfin le désert d'Ibrane avant d'atteindre la palmeraie.

— Je sais.

— Vous savez qu'on n'en revient pas.

— J'en reviendrai. J'en ai fait la promesse à mon père.

— Vous êtes imprudent.

— Vous-même en êtes revenu.

— Au prix de mes yeux.

— Que vous est-il arrivé ?

— Vous êtes imprudent, et indiscret…

— Alors pourquoi acceptez-vous de retourner là-bas avec moi ?

— Je n'irai pas jusqu'au bout. Le dernier jour vous irez seul. Vous n'aurez qu'à avancer tout droit, puis suivre le lit de la rivière. Je serai accompagné d'un enfant qui me ramènera.

— Il ne suffit pas de suivre un sentier sur une carte pour s'y rendre ?

— Il y a seize embranchements... Seize occasions de vous perdre à jamais. Il n'existe aucune carte. Le jeune dessinera celle que nous suivrons au retour.

— Connaissez-vous Mathilde ?

— Oui. C'est votre sœur.

— Comment le savez-vous ?

— Elle m'a montré un jour une photo de vous et de vos parents. Vous n'avez pas changé.

Outrenoirs

Cela fait deux jours que nous marchons sans cesse de l'aube à la nuit tombée.

Lors de rares haltes, nous buvons, mangeons des noix, des dattes et des oranges.

Devant marche l'enfant. La main sur son épaule, Ismaël.

Ismaël ne parle pas. Il se remémore le chemin.

Parfois il demande à l'enfant s'il voit un cairn, et l'enfant lui confirme qu'il y a bien un tas de pierres les unes sur les autres. Cela rassure Ismaël. À son retour de Zagarand, il avait rassemblé régulièrement ces pierres pour s'il se trompait pouvoir faire demi-tour.

Derrière Ismaël marche l'âne. L'âne n'a pas de nom. Ici les animaux ne sont pas nommés, ils ne sont que des instruments, des outils, rien que des outils que l'on use et que l'on abandonne quand ils ne peuvent plus servir. Ils errent et meurent alors de faim et de soif car on ne nourrit pas ce qui n'est plus bon à rien.

L'âne porte les couvertures de la nuit. De grandes outres d'eau en peau de chèvre, des fruits et mon sac à dos.

L'enfant ne parle pas le français. Ses yeux doux me regardent, accompagnés d'un sourire. Peut-être que je lui fais un peu pitié.

Nous traversons les monts d'Heigar. Parfois, le sentier n'a pas un mètre de largeur. Alors il faut également bander les yeux de l'âne qui sinon ne s'engagerait pas sur le bord de la falaise.

Étrange caravane misérable. Un enfant, un aveugle, un âne aux yeux bandés, et moi.

Au début, je pense que je marche. Puis je cesse d'y penser et continue de marcher. Je continue de penser malgré tout. Ne plus penser que je marche n'arrête ni mon pas ni ma pensée.

À certains moments, je me surprends à ne plus penser non plus. L'homme qui marche ainsi n'est plus que le noyau de l'homme.

Ce noyau n'est pas rien. C'est comme si je découvrais l'existence d'un grenier dans une maison que je croyais connaître. Alors seulement je sens, viscéralement je sens, je le sens dans mes os, je le sens dans mon sang, que la terre bat dans le cœur des hommes. Que nous résonnons d'un même tambour. Le désert d'Ibrane a la couleur de la peau de ce tambour. Tendue du levant au couchant, il ne se reflète rien d'autre dans le désert que le fond des âmes. Heureusement que les déserts ont été inventés pour que les âmes s'y perdent sans déranger personne.

Un couteau sans lame auquel il ne manque que le manche… Je repense à cette définition du vide de Lichtenberg qui ressemble à mon état. Évidé je suis. Il y eut un homme en moi. Un homme plein des vibrations de l'amour pour l'enfant, un homme généreux de l'envie de planter des arbres, riche des couleurs de Cézanne et de sa mère réunis pour illustrer la vie. Il y eut un homme qui n'est plus désormais que pas posés dans un désert loin de sa maison.

Dans ce face-à-face avec moi-même, le désert n'offre aucune échappatoire, aucune distraction, rien, et pourtant c'est de ce rien que m'est apparue la perspective d'une vie.

Dans ce désert, d'un coup, d'un seul, je suis rattrapé par les rires de Mathilde quand je poussais sa balançoire accrochée à la branche basse du grand pin de la terrasse du midi. Je suis pris au galop des petits chevaux de la lande irlandaise l'été où nous étions partis rencontrer ce pays, ses gens, ses bières et leurs chants. Je suis le soir, seul dans ce parc américain, au bord de ma tente, allumant le feu dans la nuit. Je suis dans les ailes des vautours qui recolonisent les massifs des Alpes et que je voyais planer dans les courants ascendants. Je suis la peau de la femme caressée, couverte de baisers, touchant son regard de mon regard, y cherchant cet amour qui fait trembler tout le corps et engendre la vie. Je suis dans le cri de la mère de mon fils qui l'enfante puis dans le cri de l'enfanté à la première inspiration qui gonfle ses poumons. Je suis dans les mains qui claquent de ma joie lorsqu'il brandit ce diplôme d'université. Je suis le sel des larmes de mon père à l'enterrement de ma mère. Je suis dans ce fil transparent tendu à la hauteur de mon cou et qui me met à terre, « ton fils est mort »…

Combien savent qu'il existe ainsi des fils transparents tendus sur les chemins à la hauteur de nos cous.

Il fait froid dans le désert la nuit. Jamais je n'aurais cru un tel contraste avec le jour où la chaleur accable et la lumière aveugle.

À l'approche de la nuit l'horizon rougit comme si le soleil se cabrait une dernière fois pour disparaître avec panache. Alors les ombres vespérales s'allongent comme pour prévenir que, bientôt, il fera nuit.

La dernière heure où nous marchons, nous ramassons brindilles et bouts de bois pour faire le feu autour duquel nous dormirons.

L'âne devient alors porteur de bois.

L'enfant aime le feu.

Tous les enfants du monde aiment les feux. Il pose les brindilles et les regarde crépiter avant de poser des petites branches. Avec la plus grande d'entre elles, il rassemble les fragments consumés. Puis il retire un bout de bois et trace des arabesques dans la nuit avec sa braise rougeoyante.

Tous les enfants du monde tracent des dessins sur le tableau noir de la nuit à l'aide des extrémités ardentes de morceaux de bois.

Il paraît que de la lune, on voit les feux de la terre. Peut-être voit-on celui devant lequel je regarde l'enfant jouer de sa braise.

Je souris à l'enfant. Pour la première fois peut-être me regarde-t-il sans me trouver misérable, et il me rend mon sourire.

À la flamme du feu les visages semblent plus grands. Ils sont comme sur la scène d'un théâtre où seule la tête est éclairée au milieu du noir qui l'entoure. Il ne reste plus que les traits humains. L'essentiel des traits ; trois seulement : deux pour les yeux et un pour la bouche. Ici, le paysage disparaît, avalé par la nuit, et ne restent que des hommes autour d'un feu. À moins de fermer les yeux nous sommes condamnés à nous regarder car il n'y a rien d'autre à voir. Nous regarder, ou regarder le feu.

Ismaël fait bouillir l'eau puis recouvre la semoule et la viande séchée de l'eau brûlante.

Dans un vieux récipient noirci l'enfant et le cuisinier plongent leurs mains, et les portent à leur bouche. Ismaël me tend une cuillère en bois.

— Vous ne savez plus manger avec les doigts.

— Il y a tant de choses que nous ne savons plus faire… Marcher des heures sans avoir mal aux pieds, allumer un feu, dormir à même la terre…

— Oui, il vous faut posséder beaucoup de choses pour simplement commencer à vivre.

Ismaël parle le français avec le respect de ceux qui ont soigneusement appris les mots dans les livres. Une langue qui ne lui sert ni à acheter son pain, ni à parler avec ceux avec qui il partage son quotidien ; c'est la langue de l'exception.

Commencer à vivre…

Je souris à l'expression d'Ismaël qui nous traite d'enfants gâtés.

L'enfant a fini de manger et se met à chanter en jouant avec le feu. Il enflamme son morceau de bois qu'il tient de telle manière que la flamme le consume lentement, comme une bougie.

Ismaël me tend un verre de thé à la menthe.

Je bois le thé. Et j'aime cette brûlure sucrée. Elle me rappelle à la vie.

— Dis-moi, Ismaël… pourquoi as-tu quitté Zagarand ?

— J'ai été rejeté car j'ai fait ce que je ne devais pas faire. Je l'ai quitté avec une seule outre d'eau et une poignée de dattes. Et mon faucon. Condamné à marcher dans le désert sans que rien ne protège mes yeux. Dès le deuxième jour, j'ai perdu la vue. Je suis revenu ici en rampant. Seules mes mains contre le sol m'ont permis de suivre le sentier, de longer les falaises collé à la pierre. J'ai ainsi marché sept jours là où il n'en faut que quatre. Le faucon lançait des cris pour me donner la direction à suivre. Depuis ce jour mes yeux sont devenus comme du charbon. Si je te conduis à Zagarand c'est aussi parce que j'ai une dette envers ta sœur.

— Quelle dette ?

— C'est elle qui m'a retrouvé un jour où je m'étais égaré dans le désert alors que je mourais de soif, cherchant les pierres de lune dorées qu'on ne trouve que là-bas. J'y ai vécu seize ans. Mais ma vanité m'a perdu. Et je n'ai plus jamais revu ni ma fille ni sa mère. Mais je savais que tu viendrais un jour…

— Pourquoi ?
— Parce que le poème le dit.
— Quel poème ?
— Celui que chante Mathilde :

Le frère et la sœur toujours se retrouvent
Comme la mer rejoint le sable
L'oiseau la branche
La nuit la lune
Et l'aube le jour.
Comme les plaines et les montagnes,
Les hommes et les dieux,
Le frère et la sœur sont inséparables.

Je viens également avec toi car je te donnerai quelque chose à remettre à ma femme. Que jamais elle ne puisse croire que je l'ai oubliée.

Le bandeau blanc qui traverse le visage de l'homme s'humidifie de larmes.

Même sans yeux les hommes pleurent. Ça, je le savais.

Je m'enroule dans une couverture, la tête appuyée sur mon pull de laine.

Je m'endors, abattu de fatigue, alors que l'enfant chante encore.

Tout homme qui ne parvient plus à trouver le sommeil devrait marcher à n'en plus pouvoir.

L'enfant tient une braise dans les doigts. Il la tend à mon fils. « Non ! Tu vas te brûler. » Je crie, mais aucun son ne sort de ma bouche. J'essaye de me lever pour l'en empêcher, mais je ne parviens pas à bouger. Je le vois prendre la braise et j'entends mon fils hurler de douleur.

Comme est dure la réalité qui surgit au réveil en sursaut de ces songes où l'enfant vit encore…

Le désert épouse la nuit en silence. Ismaël et l'enfant dorment.

Le feu a perdu ses flammes et seul un lit de braises tente de résister.

La nuit a retrouvé son noir que nous ne perturbons plus.

Je me souviens de Soulages et de ses grandes toiles, ses outrenoirs…

Plus loin que le noir, comme l'outremer désigne ce qui est bien au-delà de nos rivages, les outrenoirs racontent ce qui est plus loin que nos âmes, là où elles sont tapies, recroquevillées, enfouies, encharbonnées, noircies de la suie des générations qui ont traversé les cheminées des siècles avant nous.

Dans la nuit de ce désert, je suis devant le plus beau des outrenoirs.

Regarder la nuit est bien plus noir que de fermer les yeux.

Quand nous fermons les yeux nous ne voyons rien. Rien n'est pas noir.

Le noir de la nuit c'est la main de la terre qui s'ouvre à la rencontre du reste de l'univers.

Les étoiles transforment la nuit en Yad Vashem des justes, il ne reste à l'enfant qui se réveille qu'à les relier entre elles pour dessiner des constellations, des déesses et des lions, des dragons et des harpes, des licornes et des centaures.

Cette image d'un enfant reliant les points du ciel me porte. Est-ce toi ?

L'eau

— Voici Zagarand !

Ismaël tend la main d'un geste ample englobant tout l'horizon

— Je ne vois qu'un désert. La suite de celui où nous marchons depuis deux jours. Rien ne marque une frontière.

— Une frontière… Tu t'attendais à des traits au sol, à des barrières gardées par des hommes en armes ? Zagarand existe dès que tu le vois.

— Tu te moques de moi… Toi qui ne vois rien.

— C'est que tu ne sais pas regarder ou que ta vue est bien mauvaise. Dis-nous, l'enfant. Vois-tu quelque chose ?

L'enfant dit quelques mots que me traduit mon guide.

— Il voit bien au loin que l'horizon verdit, que le sable laisse place à autre chose.

— Je distingue vaguement ce reflet. Mais toi, comment sais-tu cela ?

— L'odeur. L'odeur de l'eau. Celui qui n'a jamais eu soif ne connaît pas l'odeur de l'eau. Je sens l'eau qui rencontre la terre. C'est Zagarand. L'Izir est un fleuve endoréique.

Ismaël sourit et attend ma réaction qui ne tarde pas et le réjouit.

— Ça veut dire quoi endoréique ?

— Que l'eau de l'Izir ne rejoint jamais la mer et se jette dans le désert d'Ibrane, tout comme l'Okavango au Botswana transforme en delta marécageux la terre avant de se perdre dans le désert du Kalahari.

J'avais toujours appris que les lacs se déversaient dans les torrents qui devenaient rivières avant qu'elles-mêmes ne rejoignent des fleuves pour retrouver la mer. Qu'il ne restait alors aux nuages qu'à condenser l'eau évaporée pour que la pluie parachève le cycle de l'eau.

J'aime l'Izir qui ne fait pas comme tout le monde. J'aime l'idée d'un fleuve qui fait un court passage sur terre et se fait oublier sans lutter avec le désert où il s'unit à la terre.

— C'est ici que nos chemins se séparent.

Ismaël me tend une pochette en cuir.

— Voici. C'est pour ma femme. Et toi, n'oublie pas la promesse faite à ton père. Les promesses que nous faisons à nos pères sont les plus dures à tenir…

L'enfant a déjà tiré sur la corde de l'âne et s'engage sur le chemin du retour.

Ismaël ajoute.

— Bientôt tu sentiras le parfum de ma femme et entendras le rire de ma fille. Tu découvriras les orangers que j'ai plantés et arrosés avec soin. Que le premier fruit que tu goûtes te rappelle que j'existe, puis oublie-moi, et vis !

Aucune trace ne va vers l'oasis.

Me voici sans nulle autre compagnie que le vent. Le regard pointé vers ce halo qui vibre au loin devient mon chemin.

Comme ils sont loin les habitants qui partageaient avec moi le bruit et les lumières des villes, loin les passagers du bus et la femme triste de se marier, loin les villageois de Tamara, Ismaël, l'enfant et l'âne.

Ai-je jamais été ainsi ?

Seul.

Je pourrais décider de ne jamais rejoindre Zagarand et d'errer comme les ânes devenus inutiles. Je pourrais décider de me coucher définitivement, le cœur contre la terre, guettant son dernier battement. Personne ne viendrait me relever. Liberté de continuer ou de cesser d'exister.

Mais c'est en pensant à mon fils que je fais le premier pas. Jamais lui n'aurait renoncé à saisir le moindre brin d'un fil tendu vers la vie. Toujours il aurait mobilisé ses dernières forces, malgré la fièvre et l'épuisement pour respirer encore une fois, puis une autre, et une autre encore…

Je ne cesse de marcher et pourtant j'ai le sentiment que chaque pas m'éloigne de Zagarand, que toujours la brume ne se laisse pas rejoindre.

Puis subitement apparaît dans le ciel, venant des brouillards, un oiseau coloré qui tourne au-dessus de ma tête et repart ensuite.

Est-ce un guetteur ailé de Zagarand ? Un semeur d'espérance qui jette ainsi devant mes pas un éclat pour raviver mon désir et engendrer l'élan du pas suivant ?

Puis apparaissent de minuscules fleurs jaunes. La terre roussit et ce sont des herbes folles qui avancent bravement vers le désert et jouent avec le vent qui les dresse ou les couche dans un désordre ébouriffé avant de composer une prairie qui danse et se déhanche en vagues adoucies. Fleurs mêlées aux herbes qui deviennent habitées de sauterelles, de grillons perchés à la cime des ombellifères qui sont tels les parasols de la prairie.

Ainsi naît la vie…

D'un désert que l'eau féconde, graine après graine, avec l'infinie patience des saisons qui deviendront des brouillons de fleurs, elles-mêmes esquisses de prairies, vite habitées d'insectes volants qui feront leur part pour répandre la vie, un peu plus loin, plus haut. D'un coup d'ailes les oiseaux se posent et s'envolent. Ce sont ces artisans légers qui donnent son relief au ciel.

Me voici marchant dans les herbes hautes, entouré d'oiseaux. Je reconnais les geais, puis les guêpiers et les tourterelles au vol empagayé qui vont deux à deux et se posent sur des buissons roux.

Le chant des oiseaux accompagne le vent.

Est-ce pour répondre aux oiseaux que les hommes ont chanté la première fois ?

Alors seulement je sens l'eau. L'eau qui se perd dans ce désert et dessine comme autant de lignes de vie dans la paume de la terre. Des sillons bruns de plus en plus fins pour ne plus devenir que des traces vestiges de là où l'eau, un jour, vint.

Plus j'avance plus les sillons sont larges jusqu'à ce que je vois l'empreinte d'une patte d'oiseau qui a fraîchement marqué la terre.

Les doigts au sol, je touche cette terre humide, glaise ocre qui teinte mes mains et dont les hommes feront les vases, les plats, les jarres pour transporter l'eau.

De la première libellule au pot de terre façonné par combien de millénaires ?

Ainsi naissent les hommes…

C'est maintenant un cours d'eau claire qui offre son rivage au piaillement des oiseaux qui vont et viennent à l'eau. Pattes trempées, becs cueillant goutte après goutte l'eau qui coule dans leur gorge quand ils redressent la tête vers le ciel.

L'eau devenue ruisseau, je me mets pieds nus et elle devient mon sentier vivant et brillant. Un sentier que je prends à contresens, vers sa source. L'histoire d'un ruisseau est celle de l'infini nous dit Élisée Reclus : « Semblables au ruisseau qui s'enfuit, nous changeons à chaque instant ; notre vie se renouvelle de minute en minute, et si nous croyons rester les mêmes, ce n'est que pure illusion de notre esprit. »

Alors que le ruisseau s'élargit, de premiers palmiers trapus occupent ses berges avant de laisser place à de plus grands, adolescents palmiers à la mèche bravache, fougueux alliés du vent. Enfin, majestueux, et le regard portant au loin, élancés d'avoir tant embrassé le ciel, généreux de fruits d'avoir été tant aimés du soleil, les palmiers anciens offrent à tout ce qui vit dans l'oasis la douceur de leur ombre.

J'ai le sentiment d'être l'Adam quand je me dévêts et me plonge dans le ruisseau devenu rivière. Depuis combien de temps n'ai-je pas ressenti la douceur d'un pareil instant.

Le moment m'est offert d'habiter en oiseau, d'oublier un peu de la condition humaine et de m'oublier aussi avec ma condition d'humain abîmé. Habiter dans les plumes des chardonnerets qui voltigent de l'eau aux buissons de fruits rouges dans lesquels ils plongent leur bec à tel point que c'est toute leur tête qui disparaît dans les grenades éclatées. Habiter dans l'à tire-d'aile des tourterelles et dans leur roucoulement qui envahit tout l'espace, dans les parades des guêpiers qui gonflent leurs plumages vert et jaune telle la tunique d'un nobliau à la cour de Louis XVI.

Habitant en oiseau, je partage avec eux les grains de la grenade qui rougissent mes mains et mes lèvres. Et je remercie l'arbre pour le sucre des dattes tombées au sol.

Allongé sur les bords de cette rivière qui offre ses eaux à un désert avide, je vois dans ce paysage né de l'alliance des oiseaux du ciel, des arbres de la terre, et du bruissement de tout ce qui vit, l'expression la plus aboutie de la beauté. Est-ce parce que tout ceci s'offre gracieusement que cela n'a pas de valeur aux yeux des hommes ?

Est-il un seul geste humain, une seule main virtuose, un seul génie qui puisse se mesurer aux lagons indiens, aux pointes tutoyant le ciel des Himalayas, à l'étoile de givre posée sur la feuille qui vibre au soleil avant de disparaître ? Est-il un seul château de Versailles, une seule cathédrale dorée de tous ses ors, une seule grande mosquée aux marbres sculptés qui puisse rivaliser avec le temple des forêts de séquoias, les prairies fleuries au printemps ou les chants des oiseaux dans cette palmeraie pour célébrer le mystère de la vie ?

L'homme ne pouvait-il simplement ôter ses sandales en cuir, marcher sur la terre pieds nus et poser son regard sur ce qui s'offre et ne demande rien ? Ce qui n'est pas à bâtir car déjà donné.

Je ne marcherai pas davantage aujourd'hui.

Je veux adopter cette nuit et qu'elle m'adopte en retour.

Choisir la nuit. Enfin choisir quelque chose.

Personne ne peut jamais dire avec précision à quel moment il s'endort.

Je me souviens d'avoir entendu un chœur d'hommes répondant à un chœur de femmes : « *My heart is a temple, my heart in the highlands, my heart is not here.* » Était-ce un songe ? Pourquoi ces mots en anglais ?

Mon cœur est un temple, mon cœur dans les hautes terres, mon cœur n'est pas là…

Murs

Que se disent les oiseaux alors que le jour pointe à peine ?

Leurs nuits sont-elles tant peuplées de rêves qu'au réveil ils se les racontent avec excitation, semblant ne pas s'écouter dans un pépiement incessant. Ou est-ce une chorale joyeuse qui salue le jour qui vient ?

Je poursuis ma remontée de l'Izir au milieu de la palmeraie. Arrive la première empreinte d'une présence humaine : un champ. Un petit champ ceint de murets de terre. Un champ où se dressent les épis d'une céréale que je ne connais pas.

Il n'est point de culture, point d'épis dressés qui ne soient le fruit de l'abouchement des hommes avec la terre. Cette rencontre nuptiale, profondément charnelle autant que spirituelle, se renouvelle à chaque printemps. Le jeu des épis avec la lumière rasante du matin vient du fond des temps. Il nous raconte le début d'une histoire. L'histoire d'une humanité qui, fatiguée de la chasse et des cueillettes, des tribus sans cesse en mouvement, a découvert qu'elle pouvait apprivoiser la nature, poser dans des sillons des graines qui deviennent ces épis, qu'une seule graine peut en produire des centaines, et que de centaines en millions on pouvait ainsi se nourrir à simplement cultiver la terre.

Comme il est beau le début de l'histoire. Que n'a-t-il fallu d'observation à l'homme pour apprivoiser le blé, l'orge et l'avoine ? Que n'a-t-il fallu de soin porté au noyau pour qu'il devienne un jeune plant qui fera l'arbre qui portera les fruits ? Que n'a-t-il fallu d'intelligence pour inventer l'outil qui soulagera le bras, la charrue que guidera le cheval, la roue qui transportera la récolte.

Les champs se succèdent maintenant, toujours séparés par leurs petits murets. Partant de l'Izir, des canaux rejoignent les cultures et composent un dédale de rigoles qu'un jeu de trappes en bois permet d'alimenter en eau.

C'est ainsi une mosaïque de parcelles que je traverse.

La proximité de la rencontre humaine me trouble.

Je guette la première silhouette qui me fera revenir au pays des hommes. Je la guette et je la crains aussi. Quel sera le regard qui croisera le mien pour la première fois ? Moi si étranger, doublement étranger par la peau de l'Occident tatouée par chacun de mes gestes, mais aussi par le froid des mailles qui ont cerclé mon cœur. Quel visage aura celui qui dévisagera le mien ?

C'est maintenant de petits carrés qui sont composés dans les plus grandes parcelles des champs. Dans chaque carré, des cultures différentes.

Je reconnais les plants de menthe dans l'un, ceux de tomates dans un autre, mais je ne sais quels seront les fruits de ces fleurs blanches. Et je ne sais rien de ces arbres régulièrement plantés au bord des champs et qui semblent être des fruitiers. Ils forment un nouvel étage à la palmeraie. Au plus bas les plants qui rampent, puis ceux qui poussent en épis ou en arbustes avant que les petits arbres ne créent la transition avec les fiers palmiers.

Puis, comme surgis de nulle part, comme s'ils venaient de par-derrière, du chemin déjà marché et où je n'ai vu personne, six enfants avancent de chaque côté de moi, à une vingtaine de mètres, empruntant un sentier secondaire qui longe les murets des champs.

Nous marchons désormais en nous regardant régulièrement. Comme un petit prince lorsqu'il rencontre un renard, ou une rose… Nous nous apprivoisons.

Mes premiers visages de Zagarand sont donc des visages d'enfants. Trois filles et trois garçons vêtus de blanc.

Les filles ont de longues tresses et les garçons les cheveux courts.

Au bénéfice d'un embranchement, ils se dirigent vers moi et me font signe de m'arrêter.

La première des filles s'adresse alors à moi.

— Je suis Mayssa.
— Bonjour, Mayssa.
— Toi, qui es-tu ?
— Je suis Paul.
— Tu t'es égaré ?
— Non, je voulais venir à Zagarand.
— Pour quoi faire ?
— Pour voir ma sœur, Mathilde. Vous la connaissez ?

Les enfants se regardent alors et la jeune Mayssa reprend, sans répondre à ma question :

— Viens !

Nous partons en cortège jusqu'à rejoindre de hautes murailles en terre recouvertes de dessins géométriques creusés sur les flancs des remparts.

Une grande porte à double battant est fermée et empêche de poursuivre le chemin au-delà de l'enceinte.

Le plus petit des garçons défait alors de son cou une clé en bois puis ouvre la porte. Au-delà, je vois la poursuite d'un paysage cultivé qui longe l'Izir.

Les enfants laissent ouvert le portail, mais écartent les bras pour bien me signaler que je ne peux poursuivre plus avant.

Mayssa quitte alors le groupe avec un autre garçon et me dit :

— Tu dois attendre ici.

Je reste alors avec quatre paires d'yeux qui me regardent de temps en temps et parlent entre elles dans une langue que je ne connais pas.

À chaque tentative que je fais pour leur demander d'où ils viennent ou ce qu'ils font ils répondent par un sourire silencieux.

Nous passons ainsi un long moment avant que les enfants ne tirent d'un petit sac en toile accroché à leurs ceintures des billes. Des billes sublimes, certaines brunes et peintes avec des motifs blancs très fins, d'autres en bois finement sculptées ou incrustées de fils dorés.

Les enfants jouent devant moi sans que je parvienne à comprendre la règle. Cinq cercles concentriques sont tracés à même le sol à la façon d'une cible et chacun lance sa bille tour à tour. Je comprends que l'objectif n'est pas d'atteindre le centre et que les billes en bois ne doivent pas toucher celles en terre. Quand chaque joueur a lancé ses cinq billes la partie recommence, mais personne ne perd jamais ses billes.

Mayssa finit par revenir avec le garçon qui l'accompagnait.

Ils tirent un âne bien différent de tous ceux que j'ai vus jusqu'à présent. Son poil est luisant, ses yeux clairs brillent et il n'est marqué par aucune blessure aux pattes ni là où est accroché son bât. Ses paniers sont pleins. Le regard de Mayssa a changé, il est plus doux.

— Suis-moi.

Alors que je pense que nous allons franchir enfin la porte, Mayssa longe les murailles par la droite en suivant un petit canal d'irrigation.

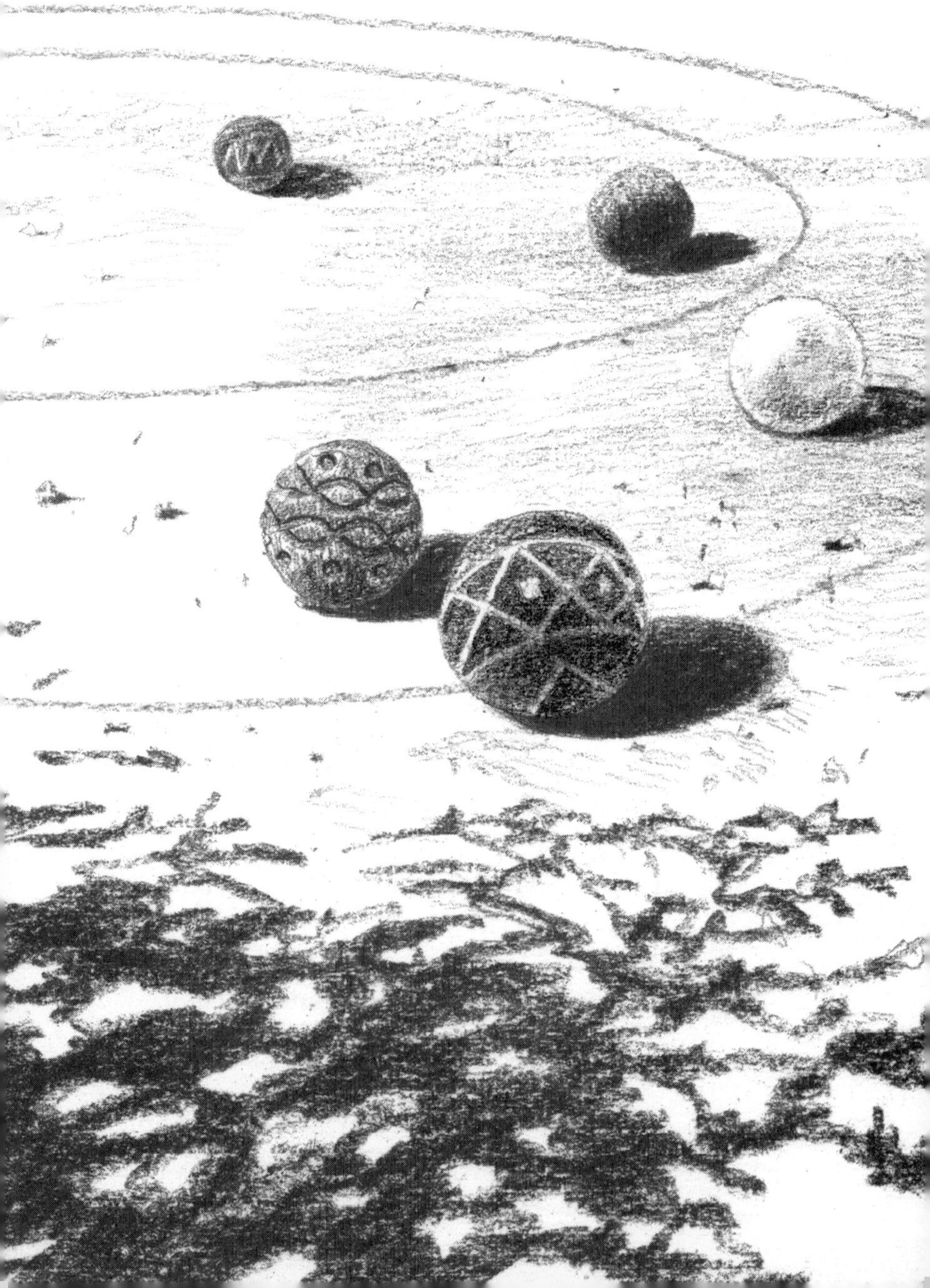

Les autres enfants ne nous ont pas suivis.

Après avoir marché une bonne heure, nous arrivons à un mur suffisamment haut pour que l'on ne puisse voir par-dessus, mais que quiconque peut franchir sans mal.

Mayssa pousse une belle porte en bois clair et je découvre un jardin…

Un merveilleux jardin composé d'arbres fruitiers, d'un potager, et de nombreux massifs fleuris qui entourent un bassin octogonal tapissé de zelliges verts et blancs et alimenté par une petite fontaine. Le terrain n'est pas très grand et les murs le clôturent de tous côtés.

Le dessin du jardin est tel un mandala au centre duquel se trouve une maison ronde en terre ocre avec un toit terrasse.

Arrivés devant la maison, Mayssa en ouvre la porte :

— Voilà où tu vas loger.

— Mais je ne vais pas voir Mathilde ?

— Paul, c'est bien Paul ton prénom ?

— Oui.

— « *Lizerbou matou* », cela signifie en arabe : « Celui qui est pressé est déjà mort. » Dans ce jardin tu vas rester tant que tu ne seras pas prêt.

— Prêt à quoi ?

— Ça, nous te le dirons le temps voulu. Chaque jour je viendrai t'enseigner.

— Mais que vas-tu m'enseigner ?

— La vie. Juste les premières leçons.

— Mais je sais vivre, cela fait quarante ans que je vis.

— Alors va tirer de l'eau au puits.

Mayssa me montre du doigt un puits empierré adossé à la maison ronde.

Une corde est enroulée à côté devant une grande cruche en terre.

J'accroche l'une à l'autre et descends la cruche jusqu'à toucher l'eau et la remplir. Puis je tire sur la corde pour la remonter en regardant Mayssa avec un sourire triomphal. Mais maintenant que la cruche est pleine elle se balance comme un pendule et finit par cogner les murs du puits et éclater.

— Je suis désolé.

— Celui qui ne peut boire ne vivra pas bien longtemps...

La jeune fille me sourit avec bienveillance.

Un tapis blanc en haute laine recouvre le sol de la maison. Mayssa dépose une jolie couverture orange que portait l'âne sur un matelas de paille. Sur une table basse en bois brut, elle continue de vider les paniers : trois pains ronds, une petite jarre avec un bouchon de liège, une corbeille d'oranges, une autre de dattes, une jarre remplie de lentilles, une grande cruche vide identique à celle que j'ai cassée, quelques bols en terre, un carnet et une boîte de pastels que je reconnais immédiatement.

— Voilà ! Nous allons te laisser. Tu peux t'installer. Avant la lune, tu auras la visite de Maalik.

— Qui est Maalik ?

— Le poète de Zagarand.

— Pourquoi le poète ?

— Parce que c'est celui qui voit ce que nous ne voyons pas. Celui qui nous guide quand nous sommes perdus. Et tu es un peu perdu, n'est-ce pas ?

Mayssa me dit ces mots avec douceur.

Avant de me quitter, elle prend ma main, la met à l'envers, et la caresse trois fois très lentement tout en me regardant droit dans les yeux.

Je me mets à pleurer avec la même douceur que ses caresses. Mayssa baisse les yeux, se retourne, et me laisse à mes larmes que je ne retiens pas.

Ces larmes coulent comme si elles venaient de très loin, qu'elles avaient mis du temps à trouver leur chemin, comme le ruisseau qui a creusé le granit, rencontré l'éclair de l'orage, s'est gonflé de la tempête avant de devenir rosée. Des larmes qui ont traversé le désert et qui enfin coulent au versant de mes joues.

Durant cette journée qui passe lentement, je fais le tour du jardin en suivant la spirale du mandala, découvrant chaque coin de terre, m'arrêtant à chaque arbre, ramassant les cerises, croquant dans une pomme rosée.

Un petit enclos en bois se trouve dans un coin. Il abrite trois poules et une chèvre.

De retour à la maison, je monte à l'échelle de meunier qui rejoint la terrasse. De là, je vois pardessus les murs de mon bout de terrain. La palmeraie s'étend au-delà des murailles jusqu'à l'horizon. Le soleil entame sa course vers le couchant. Au milieu de la terrasse est posé un tour de potier.

Comme le matin où ils chantent sans interruption, les oiseaux se remettent à chanter le soir, jusqu'à la nuit tombée.

C'est alors que je vois arriver un homme précédé par Mayssa. Elle porte une grande torche qui éclaire leur chemin.

Arrivés à ma hauteur, la jeune fille aux tresses brunes prend la petite jarre avec son bouchon de liège, verse du lait dans un bol en terre, le tend à l'homme et lui présente des dattes.

Il me sourit. La peau cuivrée, de longs cheveux gris et bouclés, les pommettes saillantes, son regard presque turquoise m'enveloppe avec tendresse.

— Bonsoir, Paul. Vous êtes le bienvenu à Zagarand. Je m'appelle Maalik.

L'homme prend une datte, la trempe dans le lait puis pose ses lèvres pour boire et mange le fruit.

Alors Mayssa me donne le bol et me présente les dattes. Je renouvelle les gestes du poète.

— Bonsoir, Maalik.

— Asseyons-nous… Le lait que vous venez de boire est un lait fermenté à la cardamome et à la vanille. C'est le lait et les dattes que nous offrons à celui qui vient à notre rencontre. La couverture, la nourriture, le lait, tout a été préparé et chargé sur l'âne par Mathilde, votre sœur. Elle espère que vous allez bien et m'a transmis cette enveloppe pour vous.

À l'énoncé du prénom de Mathilde je suis rassuré. Je suis bien là où ce qui subsistait de ma volonté voulait me conduire.

— Je vous remercie.

— Vous allez rester ici. Chez vous on appelle cela une quarantaine, je crois. Chez nous il s'agit simplement de vous initier pour que vous puissiez ensuite faire votre part au milieu de nous et mettre votre pas au rythme de Zagarand pour retrouver le goût de vivre en équilibre. Mayssa sera votre initiatrice. Je crois que vous connaissez le père de Mayssa…

Je commence par ne pas comprendre ce que me dit Maalik, puis je devine…

— Ismaël ?

— Exactement. Comment va-t-il ?

— Je ne sais pas. On ne peut pas vraiment dire qu'il va bien, mais pas qu'il va mal non plus. C'est un homme triste de ne plus voir sa fille et sa femme.

— Qui ne le serait pas ! Nous sommes les fruits de nos fleurs. Il est temps que nous vous laissions. Bonne nuit, Paul.

— Bonne nuit, Maalik. Bonne nuit, Mayssa.

— À demain !

Alors que leurs silhouettes disparaissent, j'allume la lampe à huile posée sur le bord de la fenêtre et ouvre l'enveloppe de Mathilde. Je reconnais ce papier, son écriture, et me réchauffe à ses mots :

Mon frère tant espéré,

Quand nous avons vu le feu brûler dans le désert d'Ibrane,
nous avons envoyé un cavalier.

Les feux dans le désert sont comme les étoiles dans la nuit,
ils se voient de loin.
Quand le cavalier est revenu et qu'il t'a décrit
j'ai su que tu étais en chemin.
Bientôt je te serrerai dans mes bras.

Mathilde

Durant quatorze jours j'ai appris à vivre…

Chaque matin, Mayssa arrivait à l'aube.

Le premier jour, elle m'enseigna comment faire le feu. Nous sommes allés dans la palmeraie ramasser les palmes sèches et le bois.

Mayssa m'a tendu une allumette en me disant : « Tu n'as droit qu'à une seule. »

Je me suis appliqué à couper en fines lamelles les palmes qui joueraient le rôle du papier puis ai choisi avec soin le petit bois avant de gratter mon allumette. Le feu a pris, mais dans ma hâte j'ai posé trop rapidement le gros bois et étouffé le foyer. Ce fut une journée sans feu.

Le lendemain, et les suivants, le feu permit à Mayssa de m'apprendre à faire le thé. D'abord aller chercher l'eau sans casser la cruche, puis trouver la menthe dans le mandala des cultures. Verser ensuite l'eau brûlante sur le thé puis mettre les feuilles de menthe, le sucre et transvaser plusieurs fois le thé dans les verres pour aérer l'eau avant de verser une ultime fois le thé avant de le boire.

Puis Mayssa me confia douze graines de millet et me montra comment les planter. Préparer la terre, couvrir les graines mais pas trop, arroser mais pas trop…

— Tu auras appris à vivre si elles germent toutes !

Même si sa remarque s'accompagna d'un sourire je vis bien que l'épreuve était sérieuse.

Je compris aussi qu'il y avait un calendrier qui régissait l'usage de l'eau dans les canaux.

— Là où nous sommes dans la palmeraie, tu peux ouvrir la trappe pour irriguer tes cultures toutes les six nuits à compter de la pleine lune. Si tu rates ton tour et que tu n'as pas d'eau durant dix jours, tu perdras tes semis.

J'ai appris à ramasser les fèves, à faire sécher les figues sur les treilles en osier de la terrasse et à tresser cet osier.

— Si tu n'as pas de panier, tu ne pourras transporter tes récoltes.

J'ai appris également, non sans mal, à traire la chèvre sans disperser son lait au sol. Cela me valut quelques coups de sabot dont je garde encore les traces.

Mais le plus difficile fut de travailler la terre, comme le potier…

Mayssa me montra une fois, deux fois, trois fois et ponctua mon quatrième échec par :

— Ton esprit n'est pas là… Le jour où tu seras ici, la terre montera. Tu auras appris à vivre le jour où la terre montera.

Au bout de onze jours je vis germer les graines de millet. Pas une ne manquait. Depuis combien de temps n'avais-je pas été heureux ainsi. La simple vue des petites pousses vertes m'émut aux larmes.

Montrant à Mayssa ma réussite, comme un enfant tend son cahier à sa mère, j'eus le sentiment d'être dans une situation inversée.

C'est elle qui mit les mots sur mon émotion...

— Tu vois que tu es capable de donner la vie et d'en prendre soin !

Combien de bols en terre ai-je ratés sur le tour du potier ?

J'avais pourtant le sentiment de tout faire exactement dans le bon ordre : humidifier le socle, poser la boule de terre bien uniforme au centre, appuyer sur la pédale à rythme lent et régulier pour faire tourner l'ensemble, mettre de l'eau sur mes mains et les appliquer avec lenteur et fermeté sur la terre pour la centrer, avant de l'accompagner vers le haut. Au mieux la terre commençait à s'élever, mais finissait inévitablement par s'avachir en tas.

Les derniers jours, Mayssa ne vint plus me voir qu'à la tombée du jour pour savoir si j'avais enfin réussi mon bol. Elle n'avait plus rien à m'apprendre avait-elle dit...

Je passais alors de longues journées seul. Assurant mon feu, le thé, cuisinant les légumes pour la soupe, garanti d'avoir au moins un œuf quotidien en provenance des poules, et buvant le lait de la traite.

J'ai aimé ces jours.

Assis sur un banc, j'ai observé les trois poules. Jamais je n'aurais cru pouvoir passer tant de temps à simplement regarder trois poules. Je constatais que la blanche menait le tempo. C'est elle qui marchait devant, elle aussi qui indiquait aux autres la colonne de fourmis ou la sauterelle qui seraient leurs prochaines victimes. Grattant nerveusement le sol de trois coups de pattes, les poules orientaient ensuite leur cou pour chercher le ver de terre, le cocon ou le cloporte mis en pleine lumière. L'œil gauche regarde alors toujours le ciel et le droit la terre.

À la petite table posée devant la maison j'ai aussi passé de longues heures avec les pastels que m'avaient fait porter Mathilde. Ils avaient appartenu à ma mère qui les avait transmis à sa fille quand elle commença à perdre la vue.

Depuis que nous sommes enfants, notre mère nous a toujours invités à raconter notre vie dans des petits carnets de voyage dont elle-même ne se séparait jamais.

Assise à même le sol, sur un trottoir de Lisbonne ou la terre battue d'un marché africain, elle sortait de son petit sac en cuir élimé un carnet qu'elle posait sur ses genoux et se laissait adopter ainsi par les lieux qu'elle dessinait. Souvent les enfants des rues venaient voir ses dessins. Elle les invitait alors à s'asseoir à côté d'elle, arrachant une feuille du carnet et leur donnant un crayon. Je me souviens de la petite fille qui était restée toute une matinée avec ma mère sur le marché de Gao. Une enfant qui n'avait jamais tenu un pastel de couleur et qui avait traduit sur le papier l'ambiance du lieu avec un sens du mouvement et des lumières qui nous avaient impressionnés. Au moment de la quitter, ma mère avait laissé ses couleurs et un carnet vierge à l'enfant.

Sur les feuilles blanches, je me suis appliqué à dessiner ce jardin. Je me rappelais les conseils de ma mère : regarder, regarder, regarder encore, fixer le regard sur ce que l'on veut dessiner, en comprendre les ombres et les lumières et d'où vient le vent puis fermer les yeux un court instant et les rouvrir devant la feuille blanche où lancer le trait sans hésiter, d'un seul geste.

C'est ainsi que j'ai cherché les teintes des ciels de Zagarand, le vert gris des palmiers élancés et le brun clair de leurs troncs, les taches de couleurs des massifs de rosiers, la silhouette des tamaris au feuillage brumeux, et l'allure de mes trois poules.

Un jour, le treizième, je me suis couché en prenant conscience que de toute la journée je n'avais pas pensé à mon fils. Je me suis senti coupable de cet oubli. Jamais je ne veux oublier mon héros !

La lune était pleine.

Ne parvenant pas à dormir, je montai à la terrasse et posai mes mains sur le tour. À la seule lueur lunaire, je travaillai la terre et formai cette boule que je posai au centre. Puis je lançai le tour, d'abord les mains jointes vers la lune, offrant à l'astre nocturne, celui du féminin, de l'enfantement, tout l'amour d'un père à son fils. Puis j'approchai les mains de la terre, ouvertes face à la lune, avec la douceur qui était la mienne quand je les passais dans les cheveux de mon fils endormi.

Et la terre s'éleva…

Ma sœur

— Bravo, Paul !

Le visage réjoui, Mayssa semble enfin fière de son apprenti potier. L'élève rend son sourire à la jeune fille qui tient dans ses mains mon bol… puis le laisse choir au sol où il se brise en mille morceaux.

— Mais… mon bol !

— Paul, ce n'est qu'un bol, juste un bol, et dorénavant tu sais faire monter la terre.

— Je ne comprends pas. Ce bol c'était bien l'objectif pour que je puisse vous rejoindre ?

— Que tu saches faire le bol, oui, pas le bol lui-même… Peu importe le matériel. Tu verras. Tu as déjà bien trop de choses dans ton sac à dos et il t'aurait vite encombré… C'est ta dernière nuit ici. Demain, sois prêt juste avant l'aube, devant la porte des murailles. On viendra te chercher.

Je ne sais plus si j'ai vraiment dormi.

Comment savoir que l'on est « juste avant l'aube » ou bien plus tôt ?

Il me faut une heure pour aller là où j'avais laissé les enfants, aussi me suis-je levé en pleine nuit, avançant à la lueur d'une torche pour rejoindre mon point de rendez-vous.

L'aube est encore loin et je m'allonge, la tête sur mon pull en laine, au pied d'un palmier qui fait face au grand portail à deux battants.

Je me réveille en sursaut. Il fait grand jour et j'ai raté l'aube.

Je m'en veux de m'être ainsi endormi profondément, puis je la vois.

Juste à quelques pas de moi, elle me regarde.

C'est à ses yeux clairs de ce bleu presque gris que je la reconnais. Les mêmes yeux que ceux de ma mère.

Ses cheveux bruns tombent de chaque côté de son visage en deux longues tresses. Son front est ceint d'un tissu doré.

Elle me regarde avec ce sourire que je reconnais aussi, les lèvres du côté gauche accentuant davantage leur inclinaison que du côté droit.

Sa longue tunique bleue tenue à la taille par une ceinture en cuir semble presque toucher le sol.

Elle ne me quitte pas des yeux.

J'ouvre la bouche pour dire son prénom, mais aucun son ne vient.

Elle met un doigt devant la sienne pour m'inviter à garder le silence.

Nous nous regardons ainsi longtemps.

Mathilde…

D'abord je la trouve belle, je détaille chacun de ses traits. Je vois que le temps a fait naître des ridules qui entourent ses yeux. Je reconnais aussi cette cicatrice à son front, mémoire de cette pierre que je lui avais lancée enfant, jeune enfant jaloux de cette petite sœur qui m'avait obligé à partager les bras d'une mère et l'attention d'un père.

Comme je m'en étais voulu de ce sang que j'avais vu couler à son front, craignant, tout enfant que j'étais, de l'avoir tuée…

Je la regarde et dorénavant lui dis aussi combien elle m'a manqué. Combien ce fut éprouvant de vivre ces mois sans elle. Je lui dis notre père et ma promesse, et mon fils qui régulièrement se lève au promontoire de mon âme où brûle un feu où se consume ma vie.

Sans échanger un mot je la vois qui m'écoute. Je perçois ses regards qui ponctuent mes pensées, je vois ses yeux qui s'enlarment quand j'évoque mon fils, mais jamais son sourire ne s'efface. Il m'invite au calme. À la douceur envers elle, mais avant tout envers moi. À ne pas lancer à plein galop les chevaux de la détresse. À rechercher la justesse des ombres comme des lumières qui sont nées dans cette palmeraie, dans ce jardin qui fut le mien le temps d'apprendre à faire un bol en terre.

Puis, alors que le soleil fait disparaître nos ombres, Mathilde s'approche et me prend dans ses bras.

Je pose ma tête dans son cou et nous nous disons doucement :

— Paul… mon frère.

— Mathilde… ma sœur.

Nous franchissons enfin le grand portail.

Et alors nos mots se délient et retrouvent le goût du moment.

— Tu étais là depuis longtemps ?

— Depuis l'aube. Les portes s'ouvrent à l'aube et se ferment au coucher du soleil.

— Mais pourquoi ne m'as-tu pas réveillé ? J'étais là avant l'aube, comme cela m'avait été demandé.

— Oui. Je sais. Mais à Zagarand on ne réveille jamais celui qui dort.

— Pourquoi ?

— Car les rêves inachevés sont des miroirs brisés. Le temps des songes est celui où tu plonges en toi-même au plus près de ta vérité. Interrompre ce temps c'est comme faire un croche-pied à la connaissance de toi-même.

Après avoir traversé un paysage identique à celui qui précédait les murailles, nous arrivons dans des jardins qui ressemblent à celui où j'ai vécu sauf que les murets nous arrivent à la taille. Chacun est composé d'une maison ronde avec son toit en terrasse. Dans ces espaces clos, des enfants, des hommes et des femmes travaillent la terre, sèment et récoltent.

Parfois des chants s'élèvent et souvent les rires des enfants éclatent en cascades joyeuses.

— Voici où je vis.

Nous entrons dans un joli jardin où je reconnais Mayssa qui ramasse des framboises dans un petit panier. Elle me fait signe de la main et je lui rends son sourire. Devant la maison, sur une chaise basse un homme âgé travaille la marqueterie d'un plateau de bois.

— Qui est cet homme ? Et pourquoi Mayssa est-elle chez toi ?

Mathilde me sourit et m'explique…

— Tu vas découvrir ici des règles de vie, des modes de fonctionnement qui sont bien différents de ceux que nous connaissons en Occident. Nous allons te proposer de vivre avec ces règles, mais si l'une d'elles te gêne tu n'es pas obligé de l'adopter et nous en parlerons alors. Ces règles ont été élaborées progressivement depuis le XIIe siècle, mais elles ne sont pas figées et chaque fois que nous pouvons en trouver une meilleure, nous le faisons. Elles reposent sur sept principes : les communs, la liberté, l'altérité, la joie, la sobriété, la gratitude, et la responsabilité. Ces principes te seront enseignés à la Maison de la poésie. Le principe d'altérité implique en particulier que chaque « mature », c'est-à-dire quelqu'un qui a plus de trente ans et moins de quatre-vingts, est responsable d'un morceau de terre à cultiver entre les murs et hors les murs, du ciel qui le recouvre, d'un enfant et d'un ancien. Mayssa que tu vois ici n'est pas ma fille, mais je suis un peu comme sa marraine et je dois avoir à son égard la plus grande écoute. Yehili que tu vois là est âgé, il est menuisier et il pourra travailler le bois tant qu'il le voudra, je dois avoir à son égard également la plus grande écoute.

— Mais que fait la mère de Mayssa ? Et les enfants de Yehili ?

— La mère de Mayssa aime sa fille. Comme notre mère et notre père nous aiment. Et les enfants de Yelihi en font ainsi à l'égard de leur père. Mais cet amour ne permet pas d'avoir le juste regard et la bonne distance pour accompagner. Tu le sais bien Paul, il y a des choses que l'on ne veut pas dire à ses parents pour ne pas les peiner, et nos parents nous préservent aussi des tracas de leur âge pour ne pas alourdir nos vies. Par ailleurs, à Zagarand, chaque « mature » a la charge d'éduquer les enfants en fonction de ses talents. Ce rôle n'est pas celui des parents non plus. Tu verras, toi aussi on te proposera de transmettre ce que tu sais aux enfants…

— Moi je ne sais pas faire grand-chose…

— Si, tu sais écrire, tu sais raconter une histoire, et c'est précieux comme il est précieux celui qui sait tailler les arbres, dessiner, jouer de la musique, faire grandir l'orge, entretenir les canaux, sculpter la pierre, ou faire monter la terre sur le tour du potier.

Mathilde me regarde avec un grand sourire.

— Mayssa t'a dit pour le bol ?

— Chaque jour elle me faisait part de tes progrès. Depuis que je suis ici j'ai appris la patience, mais je l'ai rapidement désapprise depuis ton arrivée… Et j'ai éclaté de rire quand Mayssa m'a décrit ton visage quand ton bol s'est cassé.

— Il faut dire que c'était un peu cruel !

— Non, à Zagarand on apprend que ce qui est cruel c'est quand ta considération pour la matière est plus importante que celle que tu portes à l'immatériel. C'est la raison pour laquelle, il te sera donné un coffre en bois. Tu ne pourras posséder plus que ce que ce coffre peut contenir.

Mathilde pousse la porte de sa maison et m'y fait rentrer.

Je reconnais une couverture qui me fait penser à celle qui était sur mon matelas de paille, un tapis en laine blanche identique recouvre le sol et un coffre magnifiquement peint se trouve dans un coin de la pièce. Une table en bois, deux chaises, et rien d'autre…

— J'ai le droit de voir ce que tu as dans ton coffre ?

— Oui, si je t'y autorise…

Je soulève le couvercle du coffre et ne découvre rien d'autre qu'une photo de famille avec nos parents ainsi qu'une autre où l'on me voit pousser Mathilde sur une balançoire.

— Mais tu n'as que cela !

— Je n'ai rien trouvé d'autre qui mérite d'être conservé… J'aimerais me passer aussi de ces images, mais je n'y arrive pas.

— Papa m'a dit de t'embrasser.

— Je le serre dans mes bras chaque matin et chaque soir en même temps que maman.

— Que veux-tu dire ?

— Que peu m'importe la distance avec l'un ou l'autre, ils vivent avec moi. Je leur parle et ils me répondent. Ce dialogue n'a jamais été interrompu.

— Je ne crois pas que papa ait le même sentiment que toi.

— En songe, nous nous rejoignons toujours. Et les songes ne trichent pas. Mais c'est pour cela que je t'ai dit de venir. J'espère que tu découvriras que ton fils n'est pas mort… Comment peut-il mourir celui que tu aimes par-dessus tout !

Je suis surpris par son calme si différent de celui de la sœur que j'ai connu habitée par une insurrection permanente. Comment a-t-elle pu ainsi déposer tout cela dans un coffre vide ?

Mayssa vient à la porte et annonce :

— Le thé est servi !

C'est ainsi que nous nous nous retrouvons devant la maison, assis sur quatre petits tabourets, avec ceux dont Mathilde prend soin. Yehili sert le thé puis dit : « *Malkani ylla avin ylla.* »

Mayssa me regarde et traduit :

— Ça veut dire à peu près : « Merci à la vie qui donne la vie. »

— Ah… la gratitude.

— C'est cela, Paul !

Et Mayssa reprend…

— Mathilde, est-ce que je peux emmener Paul pour lui faire visiter le village ?

— Si Paul le veut.

— Très volontiers !

— Alors on se retrouve pour le repas. Tu montreras aussi à Paul la terre qui lui est confiée.

Avant de partir avec Mayssa, je me tourne vers Yehili.

— C'est très beau le travail que vous faites.

— Je peux t'apprendre si tu veux.

— Je ne sais rien faire avec mes doigts.

— Ne sois pas si injurieux envers tes doigts qui ne demandent qu'à apprendre. Le bois, c'est comme la terre !

Mayssa et Mathilde éclatent de rire et je les accompagne de bon cœur avec le vieil homme.

Jardins

C'est avec ma main dans celle de Mayssa que se déroule ma visite du village. J'ai commencé par être troublé par cette petite main qui serre la mienne et dont je ne sais trop que faire.

On ne rejette pas une main qui prend la vôtre, surtout quand c'est celle d'un enfant. Mais la dernière main que j'ai tenue ainsi, que j'ai tenue ainsi si souvent était celle de mon fils. Enfant, il aimait que je la lui donne. Il devenait alors le prolongement plus grand que moi-même.

Il m'est arrivé de regarder nos mains ainsi serrées et d'en être ému. Je me souviens de ces pressions de l'un à l'autre quand nous marchions dans les rues ou que je lui faisais découvrir les œuvres d'un musée. Une pression de mains voulait dire « regarde » ou signifiait un enthousiasme, l'expression simple du bonheur d'être ensemble.

Mayssa ne cesse de parler et dès que nous croisons quelqu'un elle me présente :

— C'est Paul, le frère de Mathilde.

Ce à quoi chacun répond invariablement.

— Bienvenue, Paul !

Avec un large sourire.

— Tu vois, ici c'est le jardin des peintres et des écrivains. Et là celui des artisans. Et ici le jardin des décisions.

— C'est quoi le jardin des décisions ?

— C'est là où se rassemblent ceux qui doivent prendre une décision importante pour tout le monde. C'est pour cela que c'est un jardin où il n'y a qu'un grand arbre avec une ombre suffisamment large pour que chacun puisse se trouver à l'abri durant de longues heures. C'est ici que nous sommes venus avant que Mathilde ne t'écrive pour t'inviter à venir. Pour établir une nouvelle décision, ou une nouvelle règle de vie, il faut qu'elle soit soumise par trois enfants, un ancien, un homme et une femme matures. Alors seulement tout le village est invité à délibérer. Chacun peut faire des apports à la proposition initiale, mais personne ne peut la critiquer. Ce sont toujours les six personnes qui modifient leur proposition au fur et à mesure des débats et qui décident quand la discussion est terminée et qu'il faut alors la soumettre à tous. La décision est prise si personne ne quitte l'ombre de l'arbre.

— Pourquoi tant d'enfants sont-ils nécessaires pour élaborer une proposition ?

— Parce que chaque décision engage l'avenir de Zagarand et que c'est nous, les enfants, qui sommes les plus concernés par cet avenir.

— Et vous vous réunissez souvent ?

— Au premier quartier de la lune montante. C'est le moment où tout est neuf, où tout germe, où le sucre vient dans les fruits. Mais nous nous retrouvons aussi s'il y a une vraie urgence.

Chaque fois que Mayssa me désigne un lieu, elle l'appelle « jardin » et non « maison ». Et pourtant, dans le jardin des artisans il y a une maison avec les outils du menuisier, une autre avec des tours de potiers, une autre où les braises des forgerons sont entretenues par de grands soufflets, une autre où sèche l'osier des paniers et des nattes, encore une où un homme tanne les peaux tandis que plusieurs façonnent des objets en cuir et que certains s'activent autour d'un métier à tisser quand d'autres soufflent le verre.

— Que font les enfants avec les artisans ? Il n'y a pas d'école ?

Maysssa éclate de rire.

— Une école ! Mais les enfants n'ont pas besoin d'école pour apprendre ! Ici, ils apprennent les gestes des artisans.

— Tu veux dire que tous les enfants apprennent tous ces métiers ?

— Non, à l'âge de dix ans, chaque enfant doit venir passer cinq jours pour découvrir chaque savoir-faire. Pour comprendre tout le talent du forgeron, du potier, du menuisier ou du tanneur, du vannier, du tisserand ou du verrier. Ensuite l'enfant choisit un atelier où il travaillera toute l'année. Chaque année, il peut rester dans le même ou en changer.

— Et ils n'apprennent pas à lire ou à écrire ?

— Mais si, Paul ! De même qu'ils passent une journée chaque semaine avec les artisans, ils passent un jour avec les artistes, un autre avec les écrivains, un à la Maison de la poésie, un au jardin des sciences et la dernière journée à cultiver dans les champs. Mais aussi plusieurs soirs à apprendre la musique.

— Qu'as-tu choisi toi comme activité manuelle ?

— Le verre. Je suis souffleuse de verre. J'aime quand le feu transforme le sable. Mon père aussi était souffleur de verre.

J'imagine Mayssa et ses jolies tresses tenir au bout de ses bras cette longue tige où la matière incandescente gonfle sous le seul souffle de l'enfant. Savoir qu'elle a pris le relais du père, qu'Ismaël a transmis à sa fille l'alliance avec la matière pour faire naître la beauté et la transparence du verre me touche. Heureux sont les pères qui aiment à ce point le jardin de la vie que celui-ci s'embellit plus encore quand leurs enfants en deviennent les jardiniers...

Nous continuons de marcher dans les allées du village. Chacune est bordée d'arbustes fleuris où les insectes volants s'affairent de fleur en fleur. J'aime les ibiscus rouges d'orgueil et les oiseaux de paradis orangés, les cistes mauves, les lianes des passiflores qui grimpent aux murets quand ce ne sont celles des volubilis. Un peintre pourrait prendre la palette des bougainvilliers pour dessiner ses aquarelles tant la gamme des plus vifs aux plus doux égaye le paysage.

Les allées de Zagarand ont l'odeur du jasmin étoilé, ce parfum dont ma mère raffolait et qui exhalait le soir, à la tombée du jour, juste à côté de la serre où souvent elle peignait. Ma mère aurait aimé rejoindre sa fille ici. Elles auraient mêlé leurs pinceaux et partagé l'eau teintée de leurs aquarelles.

Mayssa me montre le jardin des sciences qui est composé de multiples établis et de tableaux noirs où des formules mathématiques s'enchaînent. C'est aussi le jardin où des plantes incroyables aux formes les plus diverses poussent, rampent, forment des lianes… Il y a de multiples minéraux, certains brillants et d'autres lisses, et des billes avec lesquelles les enfants jouent à ce jeu que j'ai observé devant le grand portail des murailles.

— Elles sont étonnantes, ces plantes.

— Il y a ici toutes les formes que l'on trouve dans la nature. Le jardin des sciences est celui où l'on comprend que les structures, les matériaux, la chimie et la physique, tout ce qui régit la marche du monde est inspiré de la nature. C'est le jardin planétaire !

Mayssa dit cela avec beaucoup d'enthousiasme et d'emphase.

— C'est quoi la règle du jeu auquel vous jouez ?

— Ce sont des billes que chaque enfant fait lui-même à l'atelier du potier, de l'ébéniste, du verrier. Nous en avons chacun vingt-huit. Une par jour pour accompagner le cycle de la lune. La première règle c'est que la terre ne doit pas toucher le verre car la terre éteint le feu et le verre ne doit pas toucher le bois car le feu le brûle. Le jeu consiste à lancer les billes de telle manière qu'elles se disposent de façon régulière dans chacun des cinq cercles concentriques de la cible. Quand les enfants y jouent c'est parfois pour choisir celui qui guidera les autres dans une activité, qui marchera devant pour partir en promenade ou qui sera le lecteur d'un livre. Celui qui répartit ses billes parfaitement est celui dont la concentration est la meilleure.

Mayssa trace la cible aux cinq cercles sur le sol, et sort de son sac cinq billes en terre qu'elle me tend tout en conservant cinq billes en verre.

— À toi, Paul !

Je lance la première hors de la cible, la seconde vient cogner la bille en verre de Mayssa, la troisième se positionne dans le quatrième cercle ainsi que les deux suivantes.

— Pour une première fois c'est très bien !

— Tu te moques de moi ?

— Non, tu as fait au mieux. Nous pourrons rejouer demain si tu veux.

Alors que nous marchons, je comprends ce que j'avais aussi perçu à Tamara ; il n'existe aucun moteur à essence ici non plus. Cela ne signifie pas qu'il n'y a pas de bruit, mais les habitants de Zagarand ne connaissent pas l'électricité, ni le pétrole.

— Mayssa… Vous n'avez pas l'électricité ?

— Je vais te raconter une histoire vraie que m'a racontée ma grand-mère qui a grandi dans les contreforts de l'Atlas… Un jour, dans le village où elle habitait, des ingénieurs ont installé l'électricité. Chaque foyer avait désormais l'usage de la lumière et payait pour cela. Auparavant, comme dans tout le monde arabe, l'accueil de celui qui poussait la porte d'une maison se faisait en offrant le thé. Trois thés : le premier amer comme la vie, le second fort comme l'amour, le troisième doux comme la mort. Ma grand-mère me disait que l'on ne pouvait servir un seul thé car seul Dieu est unique ; ni seulement deux car ce serait ne pas être généreux ; trois étant ainsi l'idéal. Quand l'électricité est arrivée, dans des montagnes éloignées où l'échange d'argent n'existait pas, il a fallu la payer. C'est ainsi que certains villageois se sont mis à proposer aux étrangers qui venaient chez eux le choix entre le thé ou l'électricité. À Zagarand, nous avons choisi de toujours offrir le thé.

Mayssa me fait un grand sourire pour illustrer la morale de sa belle histoire.

— Et vous n'avez aucun engin à moteur non plus ?

— Non plus. C'est une décision qui date de 1972. Je n'étais pas née. Je n'ai pas encore appris comment votre civilisation a disparu, mais je crois que c'est à cause du pétrole, non ?

— Mais notre civilisation n'a pas disparu !

— Ah… excuse-moi j'ai dû mal comprendre.

Je réfléchis à ses mots. Civilisation disparue…

Est-ce parce que j'y vis que j'ai le sentiment qu'elle tient toujours debout. Mais peut-être n'est-elle qu'en sursis ? Vit-elle les derniers soubresauts de son existence, usant l'énergie qui lui reste à faire illusion. Comme à Versailles lorsque le Roi, peu avant sa fin, donnait les grandes eaux sur le grand bassin et tirait un feu d'artifice des plus flamboyant. Quelques semaines plus tard, la monarchie était décapitée et la Révolution donnait naissance à un nouveau monde.

Je marche sur cette terre ocre où le sourire est la signature commune à tous ceux que je croise. Ceci aussi distingue ici de là-bas.

La Maison de la poésie est le seul jardin qui porte le nom de « maison ». Elle se situe au milieu d'un jardin d'oliviers. Côte à côte, comme les alvéoles d'une ruche, les maisons rondes caractéristiques de Zagarand composent l'ensemble. C'est la seule architecture qui est blanche de chaux. Sur les murs extérieurs, des enfants et des adultes écrivent des poèmes dans les différents alphabets du monde.

Le seul texte que je sais lire est un court poème que vient d'écrire une grande femme élégante, au port de tête altier, les yeux sombres ceints de khôl, une fibule en argent maintenant joints les drapés d'une étole en soie rouge. Elle tient dans ses mains soignées une craie blanche.

Regarde sans fin
Celui qui aime
Aime sans fin
Celle qui regarde

La femme fait un baiser sur le front de ma jeune guide qui me la présente :

— Paul, voici ma mère !

— Bonjour, Paul, Mayssa m'a beaucoup parlé de vous. Je m'appelle Hylia.

— Bonjour, Hylia…

Je suis troublé de voir la femme d'Ismaël. Je sens son parfum. Un parfum musqué, doux et subtil.

— Ne soyez pas gêné, Paul. Dites-moi comment va le père de Mayssa ?

— Votre mari aussi ?

— Non, pas tout à fait…

— Il souffre d'être loin de vous et de sa fille. Il m'a demandé de vous remettre quelque chose.

— Ah… vous savez ce que c'est ?

Je vois au regard d'Hylia qu'elle est intriguée.

— Non.

— Alors apportez-le-moi au repas.

Hylia me sourit, découvre une corbeille à ses pieds et me tend une orange.

Je me souviens des mots d'Ismaël : « Tu sentiras l'odeur de ma femme… Tu goûteras à l'orange puis tu m'oublieras. »

Mayssa me tend la main pour me conduire dans la maison.

Par un jeu subtil de moucharabiehs, l'intérieur est pénétré d'une lumière douce.

La Maison de la poésie est un dédale de bibliothèques qui épousent la forme arrondie des alvéoles accolées les unes aux autres. À chaque bibliothèque son thème : littérature ancienne, mythes et légendes, désir, période des Lumières, poésie japonaise, arbres et nature, chamanisme, féminité, Sicile des XIe et XIIe siècles, tissus et tapisseries, philosophie de l'Occident, culture de la terre, etc.

— Pourquoi…

Mayssa pose sa main sur ma bouche et me fait comprendre que ce lieu est silencieux.

Partout des petits scribans accueillent des lecteurs de tous âges alors que certains sortent de la bibliothèque un livre à la main.

Je suis surpris par le foisonnement des thèmes. La tête inclinée de côté, je consulte les rayonnages de philosophie où je trouve quelques références classiques occidentales : Heidegger, Platon, Épictète, Rousseau, Spinoza, Eckart, Thoreau… Mais aussi dont la récente parution me surprend : Viveret, Descolas, Despret, Deleuze, Cheng…

Mayssa me fait signe de la suivre dans des escaliers taillés dans la pierre qui s'enfoncent sous terre. Les torches éclairent un large passage dont je saurai plus tard qu'il comporte cent marches.

Nous débouchons dans une immense salle recouverte de ces mêmes tapis blancs que j'ai vus à l'intérieur des maisons.

Des arabesques sont dessinées sur les murs d'ocre et Maalik est assis sur le banc d'une longue table en bois où sont disposés sept chandeliers et des livres ouverts en différentes langues.

Mayssa me laisse avec le poète et remonte les escaliers.

— Bonjour, très cher Paul.

Maalik vient vers moi et me prend dans ses bras.

— Bonjour, Maalik. Je vais de surprise en surprise en suivant Mayssa et je suis heureux de pouvoir vous dire ma reconnaissance de m'avoir accueilli à Zagarand.

— Je n'y suis pour rien. Je suis le seul qui ne fréquente pas le jardin des décisions. Le poète n'est pas là pour les prendre, mais pour éclairer les doutes et les pensées. Ma vie se passe ici où je lis et donne les enseignements.

— La caverne de Platon…

— Je vois que vous avez des références bien occidentales !

— Je viens de là.

— Ne vous excusez pas. Chez nous ce lieu est celui où l'amour et la sagesse se confondent. Tous les tapis qui recouvrent le sol sont ceux qui sont apportés par les familles le jour où celui qui les a foulés de ses pieds décide de ne plus marcher sur terre.

— Vous voulez dire qu'il est mort ?

— Seuls sont morts ceux que l'on oublie, Paul. N'avez-vous jamais tant pensé à votre fils que depuis que vous dites qu'il est mort ?

— Oui… admettons mais il a bien disparu, si vous préférez.

— Quand vous fermez les yeux et que vous ne voyez plus Mathilde dites-vous qu'elle a disparu ? Est-ce que votre père a disparu ? Et Mayssa qui vous attend en haut des marches ?

Maalik me sourit…

— Oui, mais mon fils n'existe plus. Il n'est plus que cendres dispersées…

— Qu'en savez-vous ? Qu'en savez-vous non pas au sens le plus matériel du mot, mais qu'en savez-vous dans ce lieu où votre cœur et votre âme se confondent, dans le lieu de l'immanence, dans le jardin des esprits ?

— Désolé, Maalik, mais vous m'avez perdu...

— Alors c'est qu'il est trop tôt. Je vous souhaite de trouver un jour ce jardin. Aimez-vous lire, Paul ?

— Oui. Il faut dire que j'ai été à bonne école. Dès l'âge de sept ans, et durant toute ma jeunesse, mon père n'a cessé de poser des livres sur le bureau de ma chambre. Une pile de livres que je n'épuisais jamais car elle se renouvelait sans cesse. Encore aujourd'hui, quand je reviens dans cette chambre, je trouve ses derniers enthousiasmes. Celui que j'ai emporté dans mon sac vient de là.

— De quel livre s'agit-il ?

— *Salina*, de Laurent Gaudé. Une histoire d'enfantement...

— Je le lirais avec plaisir.

— Je peux vous demander quelque chose à propos des livres qui sont ici ?

— Bien sûr, je réponds toujours aux questions, même si j'essaye d'en poser davantage.

— Pourquoi avez-vous une bibliothèque consacrée à la Sicile du XIe et du XIIe siècle ? C'est le seul rayonnage qui est aussi précisément situé et daté ?

— Vous voyez, Paul, votre question illustre la qualité de votre intuition. Mais si vous le voulez bien, je vais laisser à un autre le soin de vous raconter cette histoire fondatrice de notre communauté.

Maalik se dirige vers un vieux meuble à tiroirs d'où il sort une pochette en cuir.

— Tenez, Paul. Lisez ceci...

Assis à la grande table, j'ouvre le porte-documents qui contient quelques feuilles jaunies écrites dans ma langue.

*
* *

17 Aprilis de l'an 1513
Zagarand – Naissance
d'une bibliothèque universelle

À l'heure où je m'apprête à quitter Zagarand, je veux écrire ce que j'ai découvert et qui jamais n'a été raconté.

Venu ici pour enseigner, je repars avec la reconnaissance d'avoir appris bien davantage.

L'histoire de Zagarand trouve son origine sur une île de la Méditerranée, au XIe siècle de notre ère, dans le Royaume de Sicile qui s'étend du sud de l'Italie jusqu'à l'Afrique du nord. Là où les conquêtes n'étaient faites que de ruines et de sang, les rois de Sicile, en particulier Roger de Hauteville, vont se distinguer par leur sagesse à l'égard des peuples des territoires conquis. Point de massacres et d'asservissement, mais la curiosité, la volonté d'apprendre des traditions découvertes, des philosophies orientales. Un état d'esprit qui ira jusqu'à promulguer une loi obligeant chacun des peuples à respecter traditions et religions des autres peuples.

Fasciné par la culture islamique, le roi de Sicile va explorer ses ressources philosophiques et artistiques. Il bâtira des palais, fruits du meilleur de la rencontre entre Orient et Occident.

Durant près de deux petits siècles, sous son impulsion, des chrétiens d'origine grecque ou latine, arabo-musulmans et juifs vont se côtoyer et se nourrir les uns des autres. Ils découvriront sans cesse que les richesses des uns manquaient aux autres et réciproquement. Ils vivront de cette joie unique que procurent les connaissances échangées et le métissage des cultures et des hommes. Jamais aussi courte période fut aussi fertile tant pour les sciences que pour les arts et les lettres.

C'est au même moment que François d'Assise et le sultan Malik El-Kamil se rencontrèrent en Égypte, échange qui transforma le regard de François sur l'Islam et marqua le début d'un dialogue entre les deux grands monothéismes.

Mais les appétits de conquête et de domination reprirent le dessus et les émeutes paysannes mirent fin à cette période bénie du Royaume de Sicile.

Il y eut pourtant, à ce moment-là, un pacte qui fut scellé lors d'un Sommet des consciences où furent rassemblés des représentants des philosophies, des religions et des sagesses de tous les continents. Douze hommes et femmes se jurèrent alors de partager toujours le meilleur de leurs découvertes avec le reste du monde.

Ce pacte engageait bien au-delà de la personne, il engageait un courant philosophique comme une religion. Des communautés furent créées aux quatre coins du monde pour porter ce pacte, dont celle qui rejoignit Zagarand, de tradition touarègue.

Zagarand et sa bibliothèque merveilleuse sont nés de l'effondrement de l'utopie sicilienne.

Depuis ce jour, les signataires du Sommet des consciences n'ont jamais failli aux serments initiaux et, tous les cinq ans, du Vatican, de La Mecque, de Jérusalem, du Tibet, de l'Amazonie, de Scandinavie, d'Éthiopie, de Tasmanie, des Andes, du Yukon, du Mont-Saint-Michel et de Zagarand, des messagers partent à travers le monde, transportant douze exemplaires des meilleurs ouvrages issus de leurs civilisations pour nourrir des bibliothèques de fraternité qui font perdurer l'esprit du royaume de Sicile. Ils partagent ainsi le meilleur des enseignements dans toutes les disciplines et transmettent aux générations les plus jeunes un état d'esprit et un goût pour la connaissance.

À Zagarand, j'ai découvert des ouvrages d'astronomie, de philosophie ou de mathématiques que jamais je n'ai consultés dans aucune des meilleures bibliothèques du Royaume de France.

Il faut cinq années aux cavaliers messagers pour traverser les mers et les terres et rejoindre chacune des bibliothèques. Cinq années d'épreuves et de périls. Cinq années pour transmettre et ramener le meilleur de l'esprit humain.

Tous les livres qui sont ici sont à chacune des femmes, chacun des hommes qui vit sur terre.

† *Arthur de Vallombreuse*

Labradorite

L'Izir coule au milieu du village et régulièrement de petits ponts l'enjambent donnant lieu à un va-et-vient incessant de silhouettes qui vont d'une rive à l'autre. On reconnaît les enfants à leurs tuniques blanches.

Je ne comprends pas encore les codes vestimentaires de Zagarand. De nombreuses femmes sont en bleu, un bleu Klein, vibrant à la lumière, toujours avec cette ceinture en cuir à la hauteur des hanches. Certains hommes portent ce même bleu. D'autres habitants, hommes et femmes, sont habillés d'un bleu cobalt presque blanc qui me rappelle les murs de Chaouen, dans le nord du Maroc. Quelques hommes, dont Maalik, sont vêtus de grands sarouels d'un bleu outremer soutenu.

Mayssa marche à mes côtés, en silence, ce qui m'étonne un peu.

— Ça va, Mayssa ?

— Oui, je suis heureuse que tu sois ici. Mais je suis un peu triste en pensant à mon père.

— Je comprends… J'étais presque surpris tout à l'heure lorsque tu n'as pas réagi quand j'ai parlé de lui.

— C'est parce que tu nous as dit qu'il était triste que je le suis devenue. Avant, je ne le savais pas. J'espérais qu'il avait la vie heureuse.

— Comment veux-tu qu'un père soit heureux alors qu'il ne voit plus sa fille ?

— Tu sais, Paul, ici il y a maintenant et ce qui adviendra. Ce qui fut, nous apprenons à le laisser dans le passé, à ne pas le porter dans nos vies. Nous le connaissons, mais nous ne l'habitons plus. Aujourd'hui, tu fais rejaillir l'existence de mon père dans le présent. Viens ! Je vais te montrer la chapelle que tu ne connais pas encore.

— Mais nous ne devons pas aller au repas ?

— Pas tant que le chant n'a pas commencé…

La chapelle a une forme oblongue. Elle est couverte de tapis de toutes les teintes de l'ocre. Certains rouges indiens chevauchent des terres de Sienne qui côtoient des carmins, des safrans, des jaunes paille et d'autres très soutenus.

La chapelle est ouverte aux deux bouts et ne possède pas de toit.

— Tu dois ôter tes chaussures pour entrer.

Lorsque je pose mes pieds nus sur le premier tapis, une immense émotion me saisit et je fonds en larmes. Je m'assieds le long d'un mur et prends ma tête entre les mains, sanglotant tel un enfant qui peine à reprendre sa respiration.

Mayssa est restée debout et passe ses doigts doucement dans mes cheveux.

— C'est le feu, Paul. Les teintes de ces tapis représentent le feu qui brûle sous nos pieds. Au cœur de la terre, le magma incandescent en fusion brûle sans cesse. Celui qui est triste comme celui qui a mal ou qui est amoureux sent le feu lorsqu'il pose ses pieds dans la chapelle. C'est pour cela qu'elle n'a pas de toit. C'est comme une cheminée qui va emporter vers le ciel ce qui te consume pour que la vie circule à nouveau dans ton corps. L'homme est comme un arbre avec autant de racines dans la terre que de branches dressées vers le ciel. À chaque fois que tu viendras ici et que tu chanteras la nuit, tu verras dans le ciel de nouvelles étoiles. Ton chant les délivre.

— Mais pourquoi l'amour aussi brûle-t-il ?

— Ça je ne le sais pas… je ne suis qu'une enfant, mais je vois bien que, parfois, Mathilde…

Un air joyeux se fait entendre et immédiatement Mayssa se lève et l'entonne. Le chant est rythmé par des tambours.

Nous sortons et convergeons tous vers le bord de la rivière où des coussins sont disposés sur des nattes. Un grand feu brûle où sont posées des marmites, des poêles et des jarres en terre. Le centre de chacune des nattes est égayé par des corbeilles remplies de fruits.

— Que disent les paroles de ce chant ?

— Merci. Merci d'être ensemble. Merci pour le repas. Merci à l'Izir de couler ainsi. Merci aux arbres qui nous donnent les fruits. Merci à ceux qui travaillent la terre, le fer, le bois et l'eau. Merci à ceux qui chantent et dansent, à ceux qui sculptent, tissent et écrivent. Merci au ciel qui nous emporte et à la terre qui nous porte.

— C'est beau... le principe de gratitude c'est cela ?

— Oui. Il paraît que vous ne dites plus merci en Occident ?

— Qui t'a dit cela ?

— C'est Mathilde...

— Ah... Elle exagère un peu !

Je retrouve ma sœur et m'assieds à ses côtés. Mayssa rejoint les enfants sur la natte la plus bruyante de rires et de cris.

— Ça va, Paul ?

— Oui... je suis épuisé. Mais je suis bien.

— C'est un peu normal que tu sois fatigué. Cela fait beaucoup pour une journée...

— Merci, Mathilde.

Je lui souris et m'allonge sur la natte, la tête contre un coussin.

Je vois les hommes et les femmes habillés de bleu Klein qui apportent les plats. Je vois Hilya qui vient s'asseoir avec nous ainsi que Maalik... et je m'endors...

Mon rêve est fait d'un ciel étoilé, mais, quand je m'en éloigne, je perçois que ce ciel est dans les yeux de mon fils. Reculant un peu, je vois son visage qui me sourit. Il a le même sourire que Mathilde. Je veux me rapprocher du visage du fils que j'aime mais en m'approchant trop près, ma vue devient trouble, se déforme, et je dois fermer les yeux pour m'approcher davantage.

— On ne peut vraiment aimer qu'en fermant les yeux.

Je suis réveillé par les mots de Maalik. Je ne sais plus ce qui est du songe ou de la réalité. Le poète parle aux deux femmes qui l'écoutent et pourtant ses mots m'atteignent avec force. « On ne peut vraiment aimer qu'en fermant les yeux... »

Me voyant réveillé, Mathilde me tend un bol en terre et une cuillère en bois.

— Ici, nous ne mangeons pas de viande. Dans ce bol se trouve la soupe du jour liée avec des œufs et du fromage. Puis tu pourras te servir de salades de légumes crus, des fruits, et boire le lait fermenté au miel. C'est le seul repas que nous partageons tous ensemble. Le matin, pour le petit-déjeuner, tu rejoindras tes voisins de droite et de gauche, et dans la journée tu te nourris de ce que tu emportes avec toi ou des fruits des arbres.

— Qui sont mes voisins ?

— Je suis ta voisine de gauche et Amiane ta voisine de droite. C'est la femme médecine.

Maalik se lève et met la main en l'air. Tour à tour, tous ceux qui sont autour de lui font le même geste et se taisent. En quelques secondes, un silence complet se propage et réunit les villageois.

Maalik met alors ses mains en porte-voix et dit :

— Aujourd'hui nous a rejoints Paul, frère de Mathilde. Dans vingt et un jours, s'il est encore là, nous déciderons quel est son rôle. En attendant, il va ouvrir ses yeux, ses oreilles et son cœur et poser beaucoup de questions. Le jardin de Mathilde sera son guide. *Nacirian*, Paul !

Ce à quoi toute l'assemblée répond : « *Nacirian*, Paul ! », avec joie.

Je me lève et prends les mains de Maalik que je pose sur mon cœur.

— Merci, Zagarand !

Mathilde est sans doute la plus heureuse de tous.

— Je sais que tu seras bien ici…

— Qu'est-ce que cela signifie que ton jardin sera mon guide ?

— Que durant toute cette période, Mayssa, Yehilli et moi serons tes initiateurs. On appelle « jardin » une communauté qui cultive une même terre.

— Pourquoi vingt et un jours ?

— Parce que c'est le temps qu'il faut à toutes les cellules d'un corps humain pour se renouveler. C'est aussi celui qui est nécessaire à tout être humain pour intégrer une nouvelle posture, un changement intérieur important, de nouvelles pratiques.

— Je croyais que lorsque l'on venait à Zagarand on ne pouvait plus en repartir.

— C'est une légende, Paul. Les hommes aiment les légendes. Il n'y a pas plus libres que les femmes et les hommes qui vivent ici. Preuve en est, tous les cinq ans, les onze cavaliers messagers qui viennent à Zagarand pour nourrir la bibliothèque des consciences et celui qui nous quitte pour parcourir le monde. Il n'est arrivé qu'une seule fois qu'il ne revienne pas. Tu reconnaîtras ceux qui ont été cavaliers messagers au bandeau rouge qu'ils portent autour du front.

— Et ceux qui portent une tunique de ce bleu Klein que j'aime tant sont ceux qui font à manger ?

Mathilde éclate de rire

— Non. Simplement cette semaine ce sont ceux qui ont cette tunique qui font les repas et les servent. Chaque semaine cela change. Ici, le bleu que tu nommes « Klein » s'appelle « Izir », du nom de la rivière.

— Et le bandeau jaune que tu as sur ton front, que signifie-t-il ?

Mathilde rougit et répond du bout des lèvres...

— Que je porte le feu...

Ces mots me confirment ceux de Mayssa dans la chapelle. Ma sœur est amoureuse.

Notre conversation est interrompue par Hilya :

— Paul, je crois que vous aviez quelque chose à me remettre de la part d'Ismaël...

— Oui. Mais il faut que j'aille le chercher dans mon sac.

Les allées de Zagarand sont éclairées de grandes lanternes cuivrées posées à même le sol. Je me perds un peu, mais finis par retrouver le jardin de Mathilde et reviens avec la pochette en cuir confiée par Ismaël. Je la tends à Hilya qui l'ouvre devant Maalik.

— Le clairvoyant !

Hilya pousse un cri et jette au sol une magnifique pierre ovale accrochée à un cordon en cuir. La pierre est parfaitement polie et renvoie des reflets bleus comme jamais je n'en ai vu.

Un bruissement parcourt l'assemblée et, sans que le silence ait été demandé, le temps semble suspendu.

Mathilde me sourit, mais se tait.

Hilya pleure et Mayssa vient prendre sa mère dans ses bras.

Maalik appelle alors un nom « Sabah ! » et une femme au regard vif, mais à la démarche lente, se rapproche. C'est une ancienne. Elle porte à son front le tissu rouge des cavaliers qui ont parcouru le monde.

Sabah se penche, ramasse le pendentif et le met à son cou.

Alors les tambours retentissent et des enfants avec des instruments de musique se rassemblent tandis que les conversations reprennent.

Mathilde m'explique :

— C'est l'heure des leçons de musique. Chaque soir s'achève par l'apprentissage de la musique et, avant que chacun rejoigne sa nuit, les enfants jouent tous ensemble. Certains apprennent le chant et d'autres un instrument.

Je comprends que ce sont ces chants que j'ai entendus hier alors que la nuit m'emportait ; mon cœur est un temple…

— Mais c'est quoi le clairvoyant ?

— C'est une longue histoire, Paul. La pierre que tu as transportée avec toi n'aurait jamais dû quitter Zagarand. C'est une labradorite. Elle est la cause du départ d'Ismaël.

— Mais il a été chassé, Ismaël ?

— Dans vingt et un jours, si tu es encore là, on te racontera.

Semences

Il m'est confié un vrai jardin. Je veux dire un jardin sans maison.

C'est Yehili qui m'accompagne jusqu'à ce jardin.

— Voici la terre que tu soigneras. Durant vingt et un jours tu la cultiveras. Je viendrai te conseiller.

— Et je dors où ?

— Pour le moment à l'abri des étoiles. Dans vingt et un jours, si tu n'es pas parti, si la terre a germé et que la décision est prise, tout le village viendra construire ta maison. En attendant, voici une couverture. Je t'ai fait aussi un banc et une table puisque tu es écrivain…

— Merci, Yehili.

— À demain !

À peine les yeux fermés, à même le sol, je m'endors et rien ne vient bousculer mon sommeil.

C'est l'odeur du pain qui me réveille alors que la nuit est encore sombre. Je quitte mon jardin et suis le fumet qui me conduit au four commun. Là, une joie bavarde se dégage des mots échangés entre des enfants, ce sont eux les porteurs de pains. Je reconnais Mayssa qui tient un plateau en bois où sont disposées quatre boules de pâte recouvertes par un linge.

— Bonjour, Paul ! Tu as de la chance car notre pain est le meilleur. Il est plein d'arômes et d'épices qui viennent des cueillettes d'Amiane. Elle le prépare chaque soir avec Mathilde. Il a reposé toute la nuit.

D'autres enfants repartent avec les miches brunies juste sorties du four.

Je suis Mayssa et retrouve Mathilde et Yehili mais aussi Amiane, la femme médecine, Elias, l'enfant à qui elle doit accorder une grande écoute et Shayel, une femme sourde très âgée qui reste allongée et qu'Elias nourrit lentement.

— Voici la petite communauté que tu retrouveras chaque matin.

Avant de manger Yehili prononce les mots de gratitude que j'entendrai à de nombreuses occasions : « *Malkani ylla avin ylla.* »

J'apprends à les répéter maladroitement.

La femme médecine me tend un pain et dit :

— Goûte, et dis-moi ce que tu sens…

Je croque dans ce pain à la mie jaune et la croûte couverte d'herbes et de grains. En bouche tout se confond. Je ne sais par où commencer ni que répondre. Jamais je ne réussirai ce test, me dis-je. Enfin, les yeux clos, les mots viennent :

— Ce pain est un voyage. Les arômes racontent les encens que j'ai connus en Inde, mais également les poivres de Madras et les épices transportées par des caravanes et que l'on trouve dans les grands sacs en jute sur le souk de Ouarzazate. Le sucré d'une bouchée, tapissée de cannelle ou d'un grain d'anis, est chassé par un miel presque salé soutenu par le goût de la cardamome. Dans ce pain, il y a les yeux de ma mère et la chaleur de ses bras. Le curcuma a jauni la mie et me rappelle le feu des tapis de la chapelle. Et le cumin des Arabes, insistant comme l'appel à la prière d'un muezzin, reste en bouche alors que tout est avalé.

Quand j'ouvre les yeux toute la petite communauté du matin me regarde émerveillée.

— C'était tellement beau, Paul !, dit Mayssa.

Elias renchérit : « Je veux apprendre à écrire avec toi. »

Et Amiane : « Je t'emmènerai reconnaître les plantes, les bois et la terre. »

Mathilde me glisse à l'oreille :

— Tu sais, Amiane n'a jamais emmené personne avec elle. Tu vas découvrir les plantes, mais aussi les vertus des écorces et les pigments de la terre. Tu as beaucoup de chance !

Je vais ainsi passer vingt et un jours à oublier ce qui devait l'être, à faire renaître ce que j'avais oublié et à découvrir tant de choses dont je n'avais pas idée.

Chaque matin, je cultive mon jardin.

J'ai commencé par nourrir la terre en faisant plus de cinquante voyages, tirant une charrette à bras remplie du compost des jardiniers.

Je suis allé chercher les graines chez la semencière dont j'ai compris qu'elle était la sœur de la femme médecine et la mère du jeune Elias.

Les semences sont gardées dans une maison sans lumière pour éviter leur germination. La maison est elle-même sur une île pour qu'aucun rongeur ne puisse y venir. Une passerelle en bambou est abaissée par ceux qui veulent voir la semencière et relevée après chaque passage. Je découvre que dans chaque graine d'arbre il y a un minuscule petit arbre en miniature. J'apprends aussi que les couleurs ont d'abord été inventées par les arbres et qu'il n'existe pas de palette plus grande que celle de leurs écorces. La femme semencière me raconte que lorsque les cavaliers messagers reviennent avec leurs livres, ils transportent également des graines venues d'ailleurs et que ce troc dure depuis le XIIe siècle. Ainsi, dans les douze pays du pacte il existe la même banque de semences qu'à Zagarand. Si, par malheur, l'une venait à être détruite, les autres pourraient s'y substituer. La femme semencière me fascine. Pour chaque graine donnée, elle me raconte son origine. Celle qui ne doit sa germination qu'au soin d'un oiseau qui la cache sous un rocher, celle qui a traversé les mers dans le bois des barriques de rhum des Caraïbes, celle qui peut rester plusieurs années dans un désert de Namibie avant que la première pluie fasse éclore des fleurs qui ne dureront pas plus d'une journée.

Elle m'accompagne dans le jardin que l'on m'a confié et me tend une feuille de papier quadrillée :

— Pense ton jardin comme un tapis persan puis dessine-le et je te donnerai les semences pour le réaliser.

Je me suis appliqué le jour entier à dessiner ce tapis vivant. Ses bordures bleues qui verront couler l'eau des canaux jusqu'au bassin central qui sera irrigué par quatre plus petits canaux. Je souhaite que ces quatre parcelles suivent la chromie d'un arc-en-ciel. Dans un petit coin de mon jardin, une maison ronde, comme le veut la coutume.

C'est ainsi que j'ai rêvé un petit morceau de terre jardinée. Quand j'ai montré mon plan à la femme semencière, je suis reparti avec quatre-vingt-quatre petits sachets correspondant à autant de graines différentes, mais la femme ajouta :

— J'ai fait au mieux de ton esprit, mais j'ai aussi respecté les alliances

— Quelles alliances ?

— La nature est comme les hommes, elle compose des alliances.

— Le maïs permet aux pois de monter et les poireaux aiment les fraises pour éloigner les insectes qui les mangeraient. Il en va de même des capucines qui tiendront à distance ceux qui grignoteraient tes cultures avant toi. En Occident, il paraît que vous appelez cela la « permaculture », ce qui signifie la culture continue. Ici, nous n'avons jamais imaginé que la relation de l'homme à la terre ne soit pas continue, nourrie à la main des hommes le jour et à l'influence de la lune la nuit... Tu planteras tes semences à la lune montante.

— Pourquoi ?

— Parce qu'ainsi elles suivront le mouvement qui fait grandir les arbres, monter les marées, naître les enfants… Ce n'est pas parce que nous vivons avec le soleil et que nous dormons quand la lune se lève que celle que nous regardons à peine n'a pas son importance.

Chaque soir, quand la lumière se fait plus douce, je rejoins le jardin des peintres et des écrivains.

C'est ici que j'écris ce que vous lirez peut-être un jour. Je n'écris pas pour vous mais pour moi. J'essaye de poser des mots tout en sachant qu'il n'en existera jamais suffisamment pour décrire le deuil d'un père. J'ai parfois peur que les mots ne m'enferment dans l'étroitesse de leur costume de mots. Sans doute un danseur aurait-il mieux dansé sa douleur, mais je ne suis pas danseur, seulement écrivain…

J'aime écrire dans ce jardin où d'autres également courbent la tête vers une feuille de papier. Les écritoires sont à l'ombre d'un olivier sans âge. Cet arbre est le plus ancien de Zagarand. Il paraît que les arbres peuvent vivre éternellement car ils ne connaissent pas la sénescence de leurs cellules et que, chaque année, les bourgeons renouvellent l'arbre par l'extérieur. Je découvre que la vie de l'arbre ne vient pas de son centre mais de sa périphérie et qu'il suffit de tailler l'écorce d'un arbre sur quelques centimètres, telle une ceinture, pour le tuer.

Tout proche de moi, un homme écrit en sanskrit. Les autres le font en arabe. Les peintres viennent aussi dans ce jardin, ils posent leur chevalet et

الحب دائما
l'a

peuvent rester des heures debout quand l'écrivain, lui, ne peut écrire qu'assis. Une fois où Mathilde est venue y peindre, je l'ai interrogée sur la raison qui avait conduit à ce que peintres et écrivains partagent un même jardin.

— Ils racontent tous les deux des histoires et interprètent la vie. Au tout début de Zagarand, ce jardin s'appelait le « jardin des arts » et les musiciens ainsi que les sculpteurs y venaient également, mais seuls les écrivains et les peintres travaillent en silence alors il a été décidé qu'ils resteraient ensemble. Souvent les peintres trimballent leur chevalet ailleurs et sont bien moins disciplinés que les écrivains qui aiment y venir et rester ensemble. On dit que chaque nœud de cet olivier millénaire est né de sa rencontre avec un esprit humain accueilli sous ses branches.

Elias a voulu que je lui apprenne à raconter des histoires.

Mais je ne sais pas moi comment on invente une histoire. Il a fallu que j'aille passer une journée à la Maison de la poésie, au rayon des mythes et légendes, pour être un soir en mesure de partager avec lui :

— Il faut d'abord que tu aies quelque chose à dire. Un propos cela s'appelle. Il faut ensuite que tu saches qui est le narrateur. Est-ce quelqu'un qui vit l'histoire ? En est-il le personnage principal ? Ou est-ce que celui qui la raconte n'y participe pas ? Tu dois ensuite penser à tes personnages et te les décrire dans tous leurs détails. Même si tu peux ne rien dire au lecteur, pour bien habiter tes personnages lorsque tu écriras, tu dois connaître précisément leurs parcours, ce qu'ils aiment et n'aiment pas, leur tempérament, ce qui compose leur portrait psychologique. Tu dois également savoir où ils vivent. En quelle saison, à quelle époque. Les bruits et les odeurs qui les entourent, le paysage dans lequel ils évoluent. Puis tu dois réfléchir à ton histoire, les étapes qui vont être parfois les épreuves de tes personnages, le rythme qui peut alterner des temps vifs et courts et des temps longs. Tu dois beaucoup réfléchir à ton récit. Tu dois le ruminer comme une vache rumine de l'herbe. Tu dois marcher avec, dormir avec, le chanter. Le jour où ton histoire te réveille la nuit, c'est qu'il est temps de l'écrire.

Elias note tout ce que je dis avec application, en arabe, de droite à gauche. Je découvre la beauté de ces signes, les vagues qu'ils forment, les rochers qu'ils rencontrent et qui composent des éclats. Parfois, on dirait un cheval au galop avec son cavalier accolé à l'encolure. À d'autres moments, des voiles se dressent à l'avant de la silhouette de barques élancées.

Notre écriture latine s'en va. Elle vient de nous et part au-delà de la page. L'arabe vient à celui qui écrit, trouve sa source à l'horizon, le rapproche. Les chevaux de sa calligraphie, transportés par les vents des sables, ils nous font face et nous regardent droit dans les yeux.

Après cette première leçon, durant plusieurs jours, je n'ai plus vu Elias au jardin des écrivains.

Puis un soir il est venu s'asseoir à côté de moi. Il a pris une feuille blanche et son stylo à encre. Et il n'a rien écrit.

Ce fut la même chose le lendemain.

Alors je lui ai demandé :

— Qu'est-ce qui se passe, Elias ?

— Il y a trois nuits mon histoire m'a réveillé. Mais depuis je ne sais pas par quel mot commencer !

Je souris et proposai à Elias de sortir ses billes.

— Jouons à votre jeu…

Elias traça la cible au sol et nous avons joué.

Je mis les cinq billes chacune dans un cercle. À aucun moment le verre ne toucha la terre. Elias mit deux billes en dehors, deux autres heurtèrent les miennes et une seule trouva sa place dans le cercle.

— Tu réfléchis trop, Elias ! On croit que l'on écrit les mots, qu'on les dompte, mais ce n'est pas cela. Les mots viennent seuls de ton esprit pour éclore à la rencontre du papier. Tu n'es que le porte-plume…

Elias revint le lendemain et commença à écrire sans discontinuer.

À la nuit tombante, je lui demandai :

— Alors, quel est ton premier mot ?

— Amour…

— C'est merveilleux, Elias ! C'est l'origine du monde l'amour, non ?

— Oui, en arabe nous avons vingt mots pour dire comment nous aimons, et quatre-vingt-dix-neuf pour dire Dieu…

— Dieu et l'amour ne sont pas censés être la même chose ?

— Je ne sais pas…

— Moi non plus, Elias, je te taquine.

Chaque matin, je guette l'éclosion de mes semences. Le jour de la première pousse verte, je suis heureux. « *Malkani ylla avin ylla* », dis-je tout haut plusieurs fois. Merci la vie qui donne la vie...

Pour partager ma joie, j'ai invité la petite communauté matinale à boire le thé que j'ai appris à composer avec Mayssa dans la maison hors les murs.

J'ai également rejoint Yehili pour qu'il m'apprenne à travailler le bois. Je me suis beaucoup coupé, mais un jour j'ai réussi à faire un coquetier.

Ce jour-là, fièrement, je l'ai montré à Yehili qui n'avait jamais vu un tel objet. Et je fis découvrir à tous l'œuf à la coque !

Je suis souvent allé à la chapelle.

Plusieurs fois la vieille Sabah m'y retrouva. Elle portait autour de son cou la labradorite d'Ismaël.

Elle me prenait dans ses bras et psalmodiait une plainte :

— Ton fils, ton fils tant aimé. Il est parti ton fils. Ton cœur saigne du sang de tout ton corps. Les larmes de tous les hommes n'y suffiront pas à pleurer ce fils. Ton fils. La fournaise de ton âme a brisé son argile. Chaque jour la lame violente de sa mort écrit sur la porte de ton esprit. Ton fils disparu sur ce vaisseau sombre au-delà de l'horizon...

Et mes larmes coulaient dans les bras de cette femme qui les essuyait une à une de ses doigts. Ses mains recueillaient mes larmes comme au creuset des mains d'une mère celles de son enfant.

Un soir, à l'issue du repas, je retrouvai Mathilde et lui racontai ces moments en compagnie de Sabah.

— En Occident, le jour même de la mort d'un être aimé il vous est demandé d'être fort. De ne pas pleurer. Est courageux celui qui ne pleure pas. Est courageux celui qui ne trouble pas la marche du monde de sa tristesse. La mort est cachée comme si celui qui était n'avait jamais existé. Ici il en est tout autrement. Le jour où tu perds ton mari, ton père ou ta mère, un frère ou une sœur, viennent te voir des femmes que tu peux ne jamais avoir rencontrées. On les appelle les pleureuses. Leur rôle est de reconnaître ta douleur, de la faire jaillir, de la transformer en larmes. Après vingt et un jours, cette période est terminée. Les pleureuses se rassemblent au bord de l'Izir, en un lieu très précis, et, juste sur le rivage, déposent le sel de tes larmes qu'elles ont recueilli tels des paludiers. Alors l'endeuillé est invité à cultiver sa relation à l'être aimé autrement : la chanter, la tisser, en faire une poterie, un dessin, un jardin, un voyage, l'écrire… Tu es en train d'écrire, n'est-ce pas ?

— Oui.

— Alors continue…

Le coffre

J'assiste avec régularité aux enseignements à la Maison de la poésie. Parfois c'est Maalik qui professe, mais souvent ce sont d'autres membres de la communauté, en particulier de jeunes adultes. Transmettre les principes, trouver ses propres mots pour les dire autrement et ne pas faire que répéter les enseignements reçus est une des étapes des jeunes vers la maturité.

Je découvre l'importance des rites à Zagarand.

Le premier est celui du nom. Au troisième mois de la grossesse d'une future mère, l'enfant à venir est raconté par ses parents à tout le village.

C'est ainsi que, sur les bords de l'Izir, alors que nous mangions, une femme a levé la main et provoqué cette vague de bras dressés qui invite au silence. Elle s'est alors tenue debout aux côtés d'un homme et nous a présenté celui qui allait venir au monde.

— De l'Izir, il aura la vivacité et la couleur des yeux. De l'Izir, il aura le goût de féconder la terre et de l'aimer. À la douceur de ses joues, mes mains viendront le caresser. Il aura la course des gazelles du désert et aimera se reposer à l'ombre des grands rochers. Il apprendra les poèmes et ira par les allées pour les dire à ceux qui ne peuvent plus bouger. Il saura se taire quand les oiseaux chanteront, fera fleurir des roses en hiver et cultiver les citronniers. Il est celui que nous attendons. Ethan, il se nommera !

— Vos enfants ne sont pas vos enfants. Ils sont les filles et les fils de l'appel de la vie à elle-même.

Ces derniers mots sont prononcés par Maalik en réponse à ceux de la mère.

— Mais comment savent-ils que c'est un garçon ?

— C'est ainsi, Paul. Moi aussi je n'ai pas voulu y croire, mais pas une fois il ne s'est avéré autre chose. Comme si le sexe était défini par le récit des parents.

— Et pourquoi Maalik dit-il ces mots ?

— Car un jour, en 1920, un messager a rapporté pour la bibliothèque des consciences *Le Prophète* de Khalil Gibran. Comme le veut la tradition, tous les anciens ont commencé par lire le nouveau livre avant qu'il ne rejoigne la bibliothèque. Ces mots traduisent si bien l'esprit de Zagarand, qu'il a été choisi de les prononcer tel un rappel avant chaque naissance. Depuis cette époque, les enfants sont sous la responsabilité de tous les adultes et non de leurs seuls parents.

— Même si chaque enfant a des parents qui l'aiment inconditionnellement et une personne dédiée à sa plus grande écoute.

— Tu as bien compris. Tu sais, Paul, les humains sont les seuls mammifères qui peuvent être indifférents à ce qui advient à un petit qui n'est pas le leur. Avec les mots de Khalil Gibran, il nous est rappelé que l'enfant a sa destinée propre, mais que toute la communauté est responsable de son épanouissement.

Pour moi qui n'excelle pas dans le maniement d'un pinceau, il est très difficile de raconter la vie dans la palmeraie. Elle est d'abord couleurs. Celle des silhouettes vêtues de tous les bleus, mais aussi du soleil qui joue entre les palmes des arbres et les traverse tel un projecteur qui vient illuminer des scènes improvisées où évoluent les habitants de cette cité. Les paniers, tantôt remplis d'oranges, de citrons, de dattes ou de luzerne, tout comme les tapis colorés réveillent même le regard de l'homme triste.

Souvent je marche dans la palmeraie avec pour seul plaisir de me laisser prendre dans les ailes de ce temps, goûtant à la douceur sucrée de l'instant.

Ce matin, c'est Amiane qui vient rompre ma contemplation :

— Bonjour, Paul, veux-tu m'accompagner, je vais ramasser des plantes.

— Avec joie !

— Alors tu seras mon porteur !

En répondant à Amiane, je me surprends à mettre le mot « joie » dans ma bouche et immédiatement la pensée de mon fils me rattrape. L'homme est un animal étrange qui fait cohabiter en lui des pensées aux teintes multiples, parfois paradoxales, qui peuvent le faire passer d'une émotion à une autre sans transition.

Amiane met sur mes épaules un long morceau de bois aux extrémités duquel pendent deux cordes avec de multiples petits récipients en osier.

— Voici de quoi créer une pharmacie !

Amiane est une très belle femme. C'est la seule qui porte des cheveux blonds malgré un teint mat et des yeux en amande à la pupille d'un bleu presque violet. Son regard n'est pas facile à soutenir. Je crois qu'elle voit en moi plus que je ne voudrais montrer. Ses mains sont tatouées de mots arabes que je ne sais déchiffrer et qui m'intriguent. Sous d'autres latitudes je me dis qu'elle aurait été considérée comme une sorcière.

Je prends conscience qu'avec elle, c'est la première fois, que je me dirige vers le sud de Zagarand, à l'opposé du désert d'Ibrane que j'ai traversé.

Après avoir longé l'Izir, nous quittons le chemin et nous marchons désormais au milieu d'une prairie fleurie.

— Voici le jardin des simples, Paul ! Personne ne peut venir ici s'il n'est pas accompagné par la femme semencière ou par moi. Les trois cents plantes décrites par Hildegarde de Bingen sont rassemblées ici. Tu connais Hildegarde ?

— Je crois… c'était la responsable d'une abbaye allemande au Moyen Âge ?

— Oui. Elle a signé le pacte des consciences du Royaume de Sicile et a offert à la première communauté de Zagarand les simples, c'est-à-dire les plantes essentielles pour soigner les principaux maux humains. Depuis nous avons fait de nombreuses découvertes et notre pharmacopée s'est enrichie, mais les simples d'Hildegarde restent une référence.

Amiane dispose d'une petite serpette accrochée à sa ceinture et régulièrement elle s'abaisse pour cueillir des fleurs, des feuilles, parfois des plantes entières. À chaque fois elle les nomme, me les tend, et je les dépose chacune dans une corbeille en osier particulière : l'armoise, la centaurée, la belladone, la sauge, l'échinacée aux fleurs roses, l'hysope, les soucis orangés qui ressemblent à des petits soleils, la mélisse qui embaume dans mes mains, la bardane, le pavot aux pétales si sensuels, le basilic qui porte le souvenir de mon enfance...

Ce basilic que nous plantions au printemps avec mon père entre les jeunes pieds de tomates. Un côtoiement qui se retrouvait dans les assiettes estivales avec quelques grains de fleur de sel et l'huile d'olive du domaine. Le potager de mon père est un vrai jardin d'Éden. Son sens de l'esthétique l'a conduit à le concevoir comme un jardin d'ornement. Des lagerstroemia aux troncs lisses et aux fleurs pourpres d'été rythment les allées. Parfois, simplement parce qu'il les trouvait belles, il oubliait de cueillir les artichauts pour les laisser se transformer avec leurs épis bleus qui ponctuaient les courbes du jardin. Au travers du feuillage transparent des fenouils, le paysage avait la douceur d'un tableau romantique. Enfant, dans les allées de ce potager j'ai appris de mon père les plus belles leçons de choses.

J'aime cet univers fleuri où évolue Amiane qui ramasse des brassées de fleurs et fait de moi un porteur de bouquets. J'aime la lenteur de ses gestes. Les petits paniers se remplissent sans jamais sembler s'alourdir.

J'aime le vent qui fait ployer les fleurs les plus hautes et prend mon esprit dans leur ondulation, comme si le paysage m'avait adopté.

Parfois, Amiane approche une plante de mon visage pour que je la sente.

Alors elle regarde mes yeux puis poursuit et m'en présente une autre.

Après avoir fait ce geste plusieurs fois elle attrape ma main et écrit dans ma paume : millepertuis et safran mélangés. À l'aube.

— C'est ton ordonnance. Dans quelques jours, quand l'encre se sera effacée de ta main, tu arrêteras. Tu verras, ça te fera du bien. Les pierres aussi ont des vertus. Tu vois, par exemple, la pierre de lune apporte la sensibilité et l'imagination. Les pierres peuvent soigner autant que les plantes, en particulier les maladies de l'âme.

— La labradorite, quelle est sa vertu ?

— Elle protège. Elle éloigne ce qui est négatif de celui qui la porte. Si cela t'intéresse, viens à la Maison de la poésie le jour où j'enseigne les vertus des terres et des pierres.

Nous sommes rentrés au village et Amiane m'a invité à venir dans sa maison. Les murs sont couverts de paniers en osier où sont écrits les noms de chacun des végétaux.

Un seul meuble en bois se trouve au centre de la pièce. Sur toutes ses faces il est recouvert de tout petits tiroirs. Et sur son côté des bourses en cuir sont accrochées, identiques à celle que m'avait confiée Ismaël. Une étiquette dans un support en cuivre est apposée sur les tiroirs avec la même écriture soignée. Je devine ce qui se trouve dans ce meuble.

— Ce sont des pierres ?

— Oui. Regarde...

Amiane ouvre différents tiroirs et je découvre des pierres polies. Chacune a la forme d'un galet. À part une turquoise, je n'en reconnais aucune...

— C'est la collection des pierres de Zagarand. Un seul tiroir est vide.

— Celui de la labradorite ?

— Oui...

Les lèvres me brûlent de l'interroger davantage, mais je sais que je n'obtiendrai rien avant le vingt et unième jour. Alors je me tais.

Amiane me fait ensuite traverser son jardin composé d'allées recouvertes de bougainvilliers aux couleurs entremêlées. Elle me conduit jusqu'à une terrasse fleurie des mêmes lianes. Au sol, un seul et unique tapis bleu où sont posés de grands coussins. La terrasse s'appuie sur le mur d'enceinte du jardin. Ce mur est couvert de poteries aux formes identiques, mais aux teintes différentes. Chaque pot est recouvert d'un bouchon de liège.

— Qu'y a-t-il dans ces pots ?

— Devine, je vais te lire ce qui est écrit sur les étiquettes : sages mandarins, anges de Noël, épices des rois, tresse des mariées, psaumes de Mongolie, tentations d'ibiscus, rouge cendre, fleurs de Magellan, équinoxe orangé, bleu de Madras…

— Des thés ?

— Tu as trouvé. Quatre-vingt-seize thés qui proviennent de tous les coins du monde et qui sont transportés par les cavaliers. Quand ils partent, nos propres cavaliers emportent avec eux un mélange que je compose : « Printemps de Zagarand ». Il est fait de feuilles de menthe, de fleurs d'oranger séchées et de cardamome. C'est le thé que nous buvons à chaque grand départ d'un ancien.

— Mais qui vient boire tous ces thés ?

— Les femmes… Les femmes enceintes qui, lors de chaque pleine lune s'assoient sur ces coussins. Je sers à chacune le thé qu'elle choisit. Regardant la lune, de son apparition à l'est jusqu'à sa disparition de l'autre côté de l'horizon, chaque femme qui porte un enfant à naître entre en méditation pour le monde dans lequel il viendra. Chacune repart ensuite avec un sachet du thé qu'elle a bu pour l'offrir à ceux de son jardin. Ainsi ses espoirs pour le monde de son enfant sont portés par ceux qui sont autour d'elle.

— C'est très beau…

Lorsque je salue Amiane pour rejoindre mon jardin, nos regards se croisent à nouveau. Comme lorsqu'elle me présentait chaque plante dans la prairie des simples, je ne parviens pas à le soutenir et incline ma tête avec un sourire.

— Merci, Amiane.

— Paul, prends ton temps. Ne cherche pas toujours à comprendre.

Les enseignements peuvent être suivis indifféremment par des enfants ou des adultes. Chacun, assis en tailleur sur les grands tapis blancs, dispose d'un plateau avec des petits pieds en guise de support d'écriture. Certains écrivent, d'autres ne font qu'écouter.

J'ai été très marqué par celui sur « les communs ». Ce jour-là, la Maison de la poésie était pleine. Je compris plus tard que c'était lié à l'enseignant : Kantara, un homme très brun de peau, le regard vert, les cheveux longs et tenus en catogan. Dans sa tunique bleue il est très impressionnant car il est très grand. Il a une voix grave et enveloppante. Il est un descendant Maori des fondateurs de la communauté de Zagarand.

— Les communs ne sont pas hors de nous. Ils sont en nous. Ils sont ce que nous avons de plus précieux. Ils sont ce qui nous enfante et porte nos vies. Ils sont de nos parents et des parents de nos parents et sont à nos enfants et aux enfants de nos enfants. Les communs nous traversent. Nous en sommes. Nous sommes les rivières et les volcans. Nous sommes les montagnes et les vallées des montagnes. Nous sommes les poissons de la rivière et les aigles des altitudes. Nous sommes l'Izir et la terre qui le borde. Nous sommes les arbres qui grandissent sur la terre qui borde l'Izir. Nous sommes les fruits des arbres qui grandissent sur la terre qui borde l'Izir.

Nous sommes le creux des mains ouvertes au monde. Nous sommes le creux des mains qui retient l'eau et la porte aux lèvres. Dans nos mains, à nos lèvres, coule une seule et même eau. Cette même eau coule entre nos lèvres et entre celles de tous ceux, humains ou non humains, qui habitent cette terre. Nous buvons à la même eau que celle qui coulait dans la gorge des dinosaures. De cette eau naît la joie de nos chants. Du chant de la terre naît notre joie. Nous sommes là pour chanter la joie des rivières, des montagnes et des arbres. Nous sommes leurs voix. Ils sont le corps du monde et nous sommes les voix. Nous sommes Un.

Kantara ferme les yeux et chacun fait de même. Puis, durant près d'une heure, tous peuvent penser dans le sillage des mots, les écrire, les infuser.

Ensuite, comme à l'issue de tout enseignement, Kantara part marcher le long de la rivière avec ceux qui veulent revenir sur les mots entendus.

Bien souvent à Zagarand, quand on souhaite parler avec quelqu'un d'un sujet ou d'un autre, celui-ci vous dit : « Allons marcher. »

Je décide de suivre Kantara et j'attends que tous ceux avant moi aient posé leur question pour m'adresser à lui :

— Pourquoi avons-nous oublié l'évidence de ce que tu viens de nous dire : nous sommes les rivières…

— Qui est ce « nous » dont tu parles ?

Je perçois à quel point mon « nous » a l'orgueil de représenter tous les hommes alors que je ne suis ici qu'un tenant de l'Occident où j'ai grandi.

Kantara poursuit :

— Les Indiens d'Amazonie, les Pygmées du Cameroun, les Oromos d'Éthiopie, les Maasaïs de Tanzanie, les Quechuas, les Mapuches, les Guaranis des hauts plateaux andins, les Kikuyus de l'Afrique des grands lacs, les Maoris de Nouvelle-Zélande, les Kanaks de Calédonie, les Bataks de Sumatra, les Hmong du Laos, et je pourrais te citer des dizaines d'autres peuples, tribus et ethnies qui n'ont jamais oublié cela. Vous, vous avez oublié d'écouter votre cœur et n'avez retenu que les propos d'un seul homme. Chez nous, un homme seul n'a jamais raison. L'enseignement que vous venez de suivre a d'abord fait l'objet de nombreuses heures de conversations avec les plus âgés avant qu'il ne soit considéré comme pouvant être proposé à tous. En Occident, un homme dénommé Descartes, un Français comme toi, a déclaré un jour que l'homme et la nature étaient dissociés. À l'un la responsabilité de l'autre. À l'un la domination sur l'autre. Ce fut une erreur fatale car l'homme n'est rien sans la nature. Et vous vous en rendez compte maintenant. C'est dans la nature que sont les réponses de l'homme et non dans l'homme lui-même qui n'est pas son début et sa fin. Ou alors il va vite tourner en rond !

Kantara éclate de rire en voyant ma tête.

— Tu sais, Paul, tu n'es coupable de rien du tout ! Et puis ce n'est pas grave… La nature ira toujours son cours même si Descartes a dit une grosse bêtise et que vous l'avez tous cru.

Alors que je plante une vigne appelée à grimper sur une petite treille que j'ai confectionnée, Mayssa vient vers moi, très excitée.

— Paul ! C'est aujourd'hui le jour !

— Quel jour ?

— Le vingt et unième ! Je suis sûre que tu seras adopté !

— Ah oui... Mais tu sais Mayssa je n'y pensais plus.

— Moi si ! J'adore quand on construit les nouvelles maisons ! Et puis si tu es adopté tu auras une belle tunique au lieu de ce pantalon qui emprisonne tes jambes !

— Ah... c'est ainsi que cela se passe ?

— Oui.

— J'ai de la chance que tu sois là, Mayssa ; tu es si joyeuse !

— Merci, Paul.

— Mais, dis-moi, pourquoi tous les enfants sont-ils habillés avec le même vêtement blanc ?

— Parce que ce ne sont pas nos habits qui doivent faire nos différences mais ce qui est en nous, ce que nous sommes...

Le traditionnel chant d'appel au repas m'invite à poser mes outils et à rejoindre la rive de l'Izir. Tous les instruments qui peuvent être utiles aux différents artisans de la communauté sont rangés dans les ateliers des jardins dédiés. Ils sont à la disposition de tous.

Nous retrouvons Mathilde qui est assise sur la natte au bord de la rivière.

— Ça va, mon frère ?

— Oui...

— Tu es calme ou tu fais semblant ?

— Je crois que je suis calme. Profondément calme. J'ai fait ce qui me semblait juste. Je suis chaque jour étonné par ce que je découvre. Je me sens très étranger même si je suis bien accueilli par chacun, mais je vois bien qu'ici a été inventée une autre façon d'habiter la terre.

— Étranger ou différent ?

— Il y a tant de choses que je dois désapprendre pour apprendre autrement. À commencer par l'absence d'argent pour assurer les échanges entre chacun. Je n'ose rien demander car je ne sais que donner en échange.

— Mais tu n'as rien à offrir pour pouvoir demander. Un jour peut-être tu donneras. Et puis tu donnes déjà tu sais... à Elias par exemple qui aime tant écrire à tes côtés ou à moi, qui suis heureuse d'avoir retrouvé mon frère. Cesse de penser troc, échange, contrepartie... Pense étoffe. Une étoffe où chacun est un fil qui en croise tant d'autres, un unique fil, indispensable à l'ensemble et qui pourtant n'est qu'un fil parmi tous. Pense forêts. Pas de forêts sans arbres. Un arbre seul n'accueillerait aucun oiseau. Il en faut de multiples pour que les oiseaux habitent la forêt. Chacun individuellement est inutile, c'est l'ensemble qui fait naître la vie. Comme nous ne pouvons posséder plus que ce que contient un coffre, l'argent est inutile. Chacun fait selon son talent, son métier, sa terre, son inspiration, l'agilité de ses mains, la beauté de son chant et tous profitent de ce que chacun sait faire.

— Mais tu ne te sens pas étrangère toi ?

— Différente... je me sens différente et personne ne me demande de ne pas cultiver cette différence, mon unicité. Chacun ici est unique et différent !

Je vois les bras se dresser et je fais de même, acceptant ainsi que le silence s'installe.

Viennent alors m'entourer Maalik, Elias, Amiane la femme médecine, Yehili, Hylia la mère de Mayssa, la vieille Sabah et Kantara.

Mayssa et Mathilde se lèvent, se joignent à eux, et ferment le cercle de leurs mains.

Alors les tambours résonnent et Mayssa saute de joie.

Mathilde me sourit avec tendresse.

— Tu es adopté, Paul. Le cercle est refermé. Tous ceux qui t'ont vu vivre, t'ont parlé ou enseigné se sont regroupés ce soir autour de toi. Si l'un de nous n'avait pas tendu la main à son voisin, si le cercle n'avait pas été fermé, les tambours n'auraient pas retenti dans la palmeraie et demain, à l'aube, tu aurais dû quitter Zagarand...

Maalik lève le bras et les tambours cessent. Alors il dit :

— Paul, voici la tunique que tu porteras. Et demain, nous construirons ta maison.

Puis Amiane poursuit :

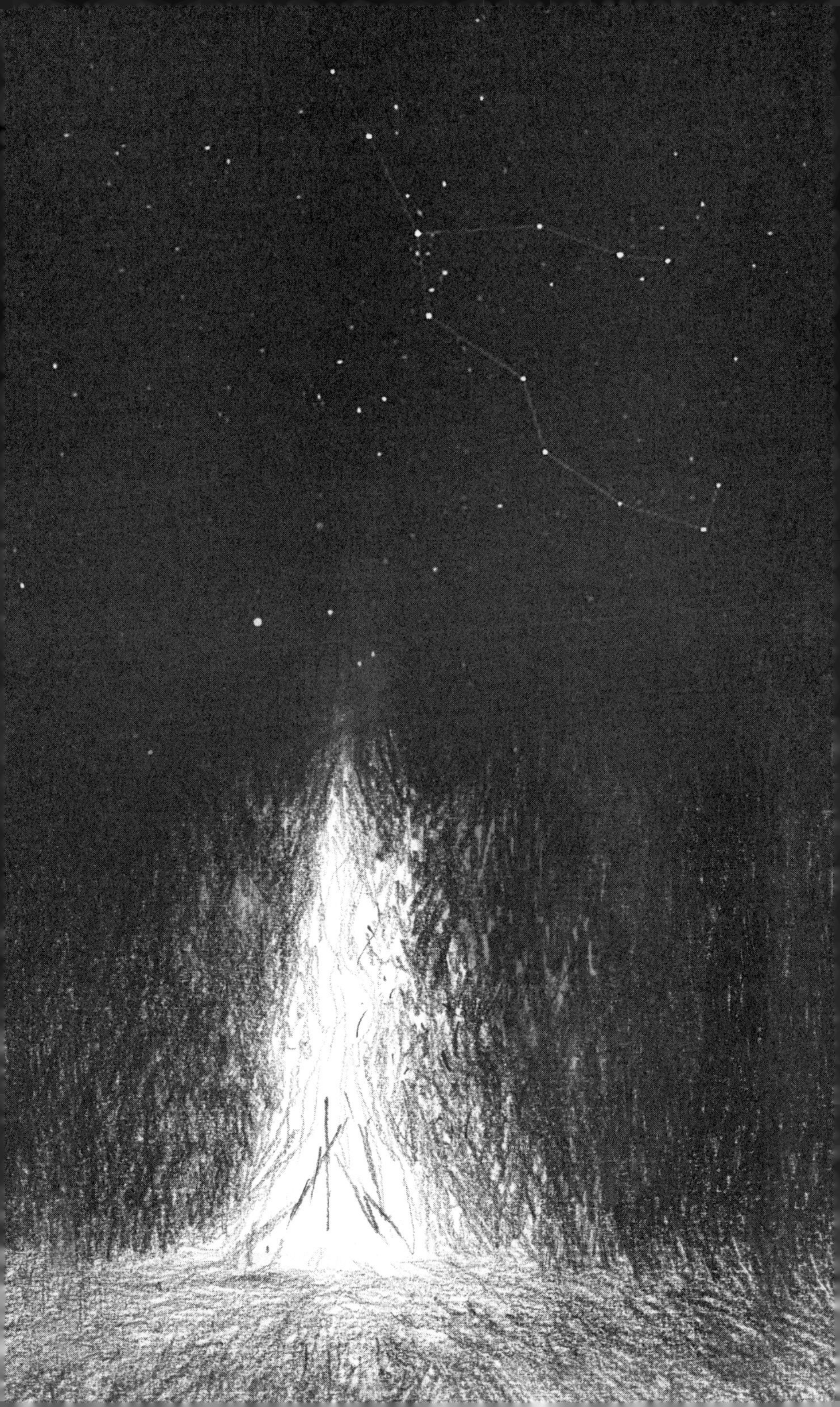

— Tes rôles seront les suivants : tu m'assisteras dans les récoltes de la terre, des écorces et des plantes et dans la fin des jours de ceux qui ne fouleront plus le sol. Tu enseigneras l'écriture du français et l'art du récit.

Enfin Kantara vient vers moi et me tend un coffre.

— Voici ton coffre. Il est dans le bois du thuya. Yehili l'a fabriqué et j'ai sculpté un poème sur les quatre façades. C'est du maori. C'est ton fils qui me l'a soufflé une nuit où je suis resté allongé dans la chapelle, les yeux tournés vers le ciel. Les étoiles ont composé des mots. Les voici :

Marche !
Marche en mon cœur.
Que tes pas soient mes pas.
Prends tes mains pour les miennes.
Mets des mots dans ta bouche.
Et mes mots dans tes mots.
Goûte la rosée à tes lèvres.
Des rives de la rivière fait celles de nos rencontres.
Dans le vent qui se lève et l'ombre des nuages,
allume une lampe.
Et tiens-la haut, comme un étendard.
Je suivrai alors.
Je saurai où t'aimer.

Je suis bouleversé et tombe dans les bras de géant de Kantara. Mathilde se rapproche de lui et passe la main sur sa nuque.

Mayssa et Elias tapent des mains et le cercle se rouvre.

Je vois la communauté de Zagarand debout, unie par la joie de cette nuit. Un seul sourire pour une seule nuit. Une nuit au parfum du bois de thuya. Une nuit où ceux qui savent écouter le ciel et lire les mots étoilés les déposent sur les bords de l'Izir.

Mathilde

Nous allons bâtir une maison dans le jardin qui m'a été confié.

Une maison d'herbes et de terre.

Des hommes arrivent avec des caissons de bois de palmes cylindriques où ils ont fait couler la terre mélangée à de la paille. À la chaleur de la mi-journée, le torchis des murs commençant à sécher, ils fixent des tiges de bambous telles des canisses pour former la trame du plafond et quelques poutres en bois de palmier pour soutenir le toit.

Puis de nouveau de la terre mélangée à la paille est venue recouvrir les canisses et former la terrasse de la maison.

Alors que les murs sont presque secs, Mayssa s'approche et, à l'aide de morceaux de bois de sections variées, grave des dessins sur tout le pourtour de la maison.

Mathilde me commente :

— À chaque maison nouvelle qui est construite, est confié à un grand enfant qui le souhaite le soin de faire chanter les murs avec une histoire. Les grands enfants sont ceux qui ont plus de dix ans et qui ont remonté l'Izir jusqu'à sa source. Mayssa a demandé à chanter tes murs. Elle a passé la nuit à la chapelle pour que son chant soit inspiré.

Mathilde m'offre le thé et Yehili nous rejoint.

Je vois la jeune fille aux cheveux de jais s'appliquer et former des arabesques, des vagues, des traits épais et profonds au plus près du sol et qui s'affinent et semblent se perdre en allant vers le haut. Régulièrement, Mayssa me regarde et me sourit.

Je demande à Mathilde :

— Mais la maison n'a pas de porte ?

— Tant que les murs ne sont pas secs, la porte ne peut être formée. Mayssa a dessiné ta porte et tout à l'heure c'est toi qui vas la creuser avec des petits burins.

Amiane nous rejoint à son tour, puis Maalik qui tire un âne chargé d'un ballot enveloppé dans une couverture.

— Bonjour, Paul.

— Bonjour, Maalik.

— Je viens écouter Mayssa nous raconter le chant des murs.

La jeune fille achève un dernier trait, son tablier et ses mains sont bruns de terre.

Puis elle se tourne vers nous et avec application nous dit :

— Notre vie est tel un vase d'argile. Tu as traversé les mers et le désert d'Ibrane pour remplir de l'eau de l'Izir le vase asséché de ta vie. Que les herbes et les arbres, la rivière et les oiseaux attisent ton amour et ta douceur pour devenir les mots de l'amour d'un fils à son père, d'un père à son fils.

Mayssa n'a cessé de me regarder et de voir mon émotion grandir avec ses mots. Elle se jette dans mes bras en pleurant.

— Paul, durant la nuit dans la chapelle des étoiles, ton fils était avec moi. Je l'ai senti si près. Il me regardait comme un grand frère. Je l'ai vu tenir tes mains comme j'ai tenu les tiennes pour t'apprendre à travailler la terre sur le tour du potier. Ton fils tient toujours tes mains.

Mes larmes coulent et je souris à la jeune fille. Mathilde et Amiane sont aussi très émues.

Maalik me tend les outils pour créer la porte de la maison et je m'exécute, m'appliquant à suivre son tracé.

De l'autre côté, Amiane, après avoir échangé avec Maalik, creuse une petite ouverture ronde.

— Cette fenêtre est tournée vers le levant, elle te donnera la lumière du matin.

Quand tout est terminé, alors que le soleil entame sa course vers l'horizon, Maalik décharge le ballot de l'âne et le pose devant moi :

— Voici le tapis blanc pour le sol de ta maison. Normalement, il ne se crée de nouvelle maison que lorsqu'un enfant devient mature. Alors, ses parents lui offrent un tapis qu'ils ont tissé pour lui. Celui-ci a été tissé par Hylia à partir de la laine des moutons du troupeau de Zagarand qu'Ismaël avait cardée.

— Merci. Merci, Mayssa. Merci à tous. Je ne sais comment je pourrai un jour vous dire ma gratitude pour tout cela.

— Vis, Paul ! Remplis d'eau vive ton vase d'argile. Dans sept jours tu viendras avec moi et nous remonterons la rivière.

Maalik me serre dans ses bras comme si cette perspective de remonter l'Izir revêtait une importance particulière.

Je reste seul avec Mathilde.

Mon coffre est posé sur le magnifique tapis blanc d'Hylia.

— Dans sept jours, tu auras ta réponse concernant Ismaël et la labradorite. Avec Maalik, tu vas marcher jusqu'à la source. Tu vas découvrir les stations de la rivière qui sont le lieu des rites de Zagarand qui marquent les étapes de la vie d'un homme ou d'une femme. Mais avant de faire ce pèlerinage je t'invite à lire l'Apocalypse selon saint Jean.

— Pourquoi ce livre en particulier ?

— Tu comprendras. Dans toutes les civilisations, des Aztèques aux Incas mais aussi en Chine, et à toutes les époques, l'apocalypse est un thème qui revient dans les grands récits des hommes. L'étymologie grecque du mot signifie non pas la catastrophe, mais ce qui est révélé, dévoilé. Toi-même, dans ta vie personnelle, es invité à vivre une forme d'apocalypse. À laisser s'effondrer ce qui fut sans chercher à en retenir les murs, et à comprendre les messages enfouis dans ta vie, parfois même venant de tes aïeux, et qui vont se dévoiler petit à petit…

— Tu sais, moi je ne suis pas très religieux…

— Il ne s'agit pas de religion. Tu as été sensible aux mots de Mayssa concernant ce vase d'argile. C'est une image qui nous vient d'une épître de saint Paul. Tu avais aussi reçu les mots de Khalil Gibran à l'annonce de la naissance d'Ethan. Ici, il est proposé à chacun de tracer son chemin spirituel. Peu importent les sources et les codes, mais si tu oublies de tracer ce chemin, c'est un peu comme si tu n'étais pas allé explorer la face cachée de ton cœur. La spiritualité est un tiers lieu de nos vies. Une dimension qui s'ouvre et à laquelle chacun peut accéder quelle que soit sa condition. Souvent les hommes la découvrent dans la douleur de la maladie, de la tristesse ou de la pauvreté. À Zagarand, par ce détachement matériel qui est une règle de vie, par leurs rites, par la culture de la relation à soi, aux autres, et à la nature, la spiritualité n'est pas comme une option, mais comme le moteur, l'étincelle de l'énergie vitale, le lieu où s'épanouit notre relation à tout ce qui vit.

— Nous sommes les rivières…

— Oui. Tu as compris.

Ma petite sœur, ai-je souvent pensé avant de retrouver Mathilde à Zagarand.

« N'oublie pas que tu es son grand frère », me disait mon père en m'invitant à donner le bon exemple.

J'avais un peu du mal avec cette injonction. Je n'avais rien demandé moi, ni d'être l'aîné et encore moins d'avoir une petite sœur qui devait faire de moi un modèle à suivre.

Nous avons vécu ce que l'on peut qualifier comme une enfance facile et joyeuse. À l'adolescence, cela fut plus compliqué. Là où je n'étais fait que de doutes, cherchant à quoi et à qui pourrait servir ma vie, Mathilde était brillante et déterminée. Je voyais en elle la force de caractère de ma mère et la passion d'apprendre de mon père. Elle passait ainsi des heures avec lui, dans son bureau bibliothèque, à explorer sans fin les sujets des plus divers. À l'heure du dîner il fallait les appeler vingt fois pour qu'ils acceptent de remettre au lendemain la suite d'un débat ou la recherche dans les livres de tel ou tel propos.

Moi, j'écrivais. J'écrivais des poèmes. Seul dans ma chambre ou à l'ombre du vieux platane de la terrasse du midi, j'écrivais. Je ne donnais rien à lire à personne et, souvent, mes écrits finissaient dans ma corbeille à papiers.

Seule ma professeure de français, puis mon professeur de philosophie me lisaient. L'un et l'autre finirent par écrire sur un bulletin de classe : « Paul a du talent. Il est fait pour écrire. »

La fille de ma professeure de français était la meilleure amie de Mathilde.

Elle venait souvent à la maison. J'enviais leurs rires et leurs conversations qui s'éternisaient tard dans la nuit quand Louise venait dormir au domaine.

Je me trouvais emprunté et maladroit devant leur aisance.

C'est pourtant celui que j'étais alors que Louise, sans doute attirée par mon côté poète maudit, la mèche en bataille, toujours habillé d'un vieux blouson de cuir, décida d'entreprendre. Provocante, fantaisiste, pouvant être tour à tour cabotine ou d'une attention qui me faisait croire que j'étais un vase en cristal pouvant rompre à tout instant, Louise avait réussi à attraper mon cœur comme un botaniste un papillon dans son filet.

Mathilde m'en avait un peu voulu de lui avoir volé son amie qui dorénavant passait ses nuits dans ma chambre quand elle venait chez nous.

Et puis le temps a passé et, dès que j'ai eu mon permis de conduire, nous sommes partis tous les trois, libres enfants gâtés, découvrir l'arrière-pays provençal, dormir dans les calanques, ou rejoindre la Toscane d'où Louise était originaire.

Louise devint la mère de mon fils. Nous étions jeunes, bien trop jeunes disaient nos parents. Le temps leur a donné raison et nous nous sommes séparés, n'ayant bientôt plus en commun qu'un fils.

Je ne crois pas voir donné le bon exemple…

À Zagarand, j'ai l'impression que les rôles se sont inversés.

Ma petite sœur est devenue la grande.

Mais peut-être est-ce ainsi que la vie, comme au jeu de saute-mouton, alterne tour à tour les rôles, celui qui porte et celui qui est porté. Dans chaque famille, la sœur ou le frère que l'on n'a pas choisi, pour qui on devait être un exemple, peut devenir celui que l'on choisit d'aimer, vraiment.

Depuis mon arrivée dans cette oasis, je regarde vivre Mathilde et je sais que la promesse de femme qu'elle était s'est pleinement réalisée ici.

Je le vois à la lenteur de ses gestes. À tous ceux qui viennent lui parler et qui trouvent chez elle une écoute attentive. Mathilde n'a rien perdu de sa volonté, de son exigence pour elle-même, elle l'a simplement canalisée pour trouver sa juste place dans le monde. Cette justesse a adouci ses traits mais, lorsqu'elle peint, elle s'exprime alors sans retenue d'un geste franc et tranchant avec des couleurs qui osent tutoyer la lumière du soleil.

Je regarde le front de Mathilde.

— Ma sœur, je peux te demander…

— Kantara est l'homme qui m'aime. C'est parce que je l'aime également que je porte ce bandeau doré.

Comme à mon arrivée à la grande porte de Zagarand, j'aime que nos pensées se rejoignent ainsi, funambules sur un fil invisible.

— Et les hommes n'ont pas de signe pour dire qu'ils ne sont plus libres ?

— Les hommes sont toujours libres et les femmes aussi. L'homme qui aime une femme porte au doigt une pierre de lune que la femme est allée chercher dans le désert d'Ibrane et qu'elle a taillée.

— Mais Kantara ne vit pas avec toi ?

— Jamais avant l'alliance. À Zagarand, l'alliance entre un homme et une femme n'est pas une promesse que l'on se fait l'un à l'autre, elle célèbre la fécondité d'un couple. La fécondité ne veut pas dire le nombre d'enfants, mais tout ce que l'homme et la femme ont créé de leurs vies depuis qu'ils s'aiment. Un couple ne doit jamais avoir conduit l'un ou l'autre à se soustraire à lui-même. Un couple doit être davantage que la somme des deux parties. Si le fruit du couple produit l'épanouissement de chacun, leur fécondité est reconnue. L'alliance célèbre un chemin parcouru. Chaque année, lors du solstice d'été, ceux qui sont déjà mariés se rassemblent et choisissent ceux qui le deviendront.

— Et cela peut durer longtemps avant cette reconnaissance ?

— Pas moins de six ans ; et cela fait quatre ans que nous nous aimons. Mais l'alliance n'est pas un objectif en soi. Il y a aussi un rite important à Zagarand : c'est l'aube des couples. À chacune des nouvelles saisons, donc quatre fois par an, les couples vont deux par deux marcher en remontant dans le lit de la rivière. Ils décident alors si leur histoire se poursuit ou s'arrête. Chacun a l'occasion de se choisir à nouveau. Il arrive que certaines femmes enlèvent alors leur bandeau et le laissent filer dans la rivière. Au fond de l'Izir, tu peux aussi trouver quelques belles bagues en pierre de lune.

— Maintenant que je suis adopté, peux-tu me dire ce qui est arrivé à Ismaël ?

— C'est à Maalik de te raconter cela… Sois patient.

L'Apocalypse

Ma journée est désormais bien rythmée. Chaque matin je me lève et cultive la terre de mon jardin.

Ce matin, je ramasse mes premières fèves, petites pépites nées de la terre, tendres et presque sucrées. Puis je vais au jardin des écrivains où je retrouve les enfants qui suivent ma classe d'écriture et de récit.

Raconter…

Que nous racontons-nous à nous-mêmes ? Que racontons-nous aux autres de nous-mêmes ? Comment raconter un nuage et la chaleur du soleil sur la peau ? Comment raconter d'où l'on vient et où l'on va ? Comment raconter celui que l'on aime, celui que l'on a perdu, comment on l'aime et comment on le cherche ?

Chaque jour je pose une question et je laisse les élèves y répondre avant de les laisser écrire librement durant tout le temps qu'ils veulent. Le jeune Elias reste à son pupitre bien au-delà de tous les autres, souvent jusqu'à l'appel du repas. Ils peuvent choisir de me donner à lire ce qu'ils écrivent, mais je veux d'abord qu'ils le fassent pour eux-mêmes.

Certains adultes du village viennent aussi assister aux cours. La vieille Sabah en particulier. Cette femme m'intrigue. Quand elle est là, mon regard est sans cesse attiré par la labradorite qu'elle porte au cou dont les reflets bleu moiré vibrent avec le soleil. Elle qui a été cavalière, messagère de Zagarand, doit avoir tant à raconter.

— Je n'arrive jamais à écrire vraiment ce que je vois, ni ce que je ressens !

Elias me regarde dépité et je lui réponds tendrement.

— Tout comme le photographe ne parvient pas à transcrire l'émotion profonde qui fut la sienne en regardant le sujet de sa photo, l'écrivain peine souvent à mettre en mots ce qui le traverse. Il doit vivre avec cette frustration. Les mots ont parfois des habits trop étroits pour exprimer la complexité, la subtilité, la finesse, la justesse de ce qui anime ton esprit. Tenter d'écrire, c'est s'approcher de la vérité sans jamais vraiment l'atteindre. Il reste toujours un flou, un lieu qui tremble, un espace qui a cependant la vertu de laisser sa place à celui qui te lit. Regarde ce paysage merveilleux ! Moi-même, si je devais le mettre en mots, je serais comme un verrier maladroit qui composerait un vitrail. En écrivant, j'aurais le sentiment de n'avoir réalisé que quelques éclats de verre du vitrail, de l'avoir esquissé, même si dans mon cœur je le vois intégralement. Garde à l'esprit les mots d'Antoine de Saint-Exupéry qui ne s'appliquent pas qu'à l'écriture : *La perfection est atteinte non pas quand il n'y a plus rien à ajouter mais quand il n'y a plus rien à retirer.* À chaque mot que tu écris avec l'idée de le donner à lire, tu déranges un peu les pierres, alors tu dois mesurer ce geste. Ne pas déranger pour rien. Manquait-il ce mot à la poésie du monde ? Va-t-il se muer en fruit dans les yeux de celui qui lira ? Fera-t-il couler des larmes nouvelles qui n'avaient pas trouvé leur chemin ou briller de joie des yeux qui étaient clos ? Tu dois être en équilibre sur ton crayon. Le temps de ton écriture toute ta vie pèse sur cette fine pointe, une vie en équilibre. Si tu écris faux, la mine cassera. Si tu écris juste, même si tes mots ont le poids des siècles, de ta souffrance ou de ton amour, elle glissera sur la feuille sans rompre.

Je passe la main dans la tignasse d'Elias. Ce garçon me touche. Il fait renaître en moi une tendresse enfouie dans un maquis épineux que je croyais devenu impénétrable.

Après la leçon, je pars avec la femme médecine dans les prairies fleuries, nous herborisons et nous cueillons. Je sais désormais nommer chaque plante et consigne leurs vertus au sein d'un petit carnet. Dans l'atelier d'Amiane j'apprends à conserver les plantes, à créer des onguents, des élixirs, des décoctions.

Je trouve cette femme très belle. Ses gestes lents, son port altier, et ce regard que je ne peux soutenir longtemps, il y a tant de lumière dans ses yeux. Le regard à fleur de cœur d'Amiane me parle sans rien dire.

Je passe l'après-midi à la Maison de la poésie, accompagné par saint Jean et son récit de l'Apocalypse, texte prophétique de l'histoire de la relation entre Dieu et les hommes.

Je découvre un texte qui, sans l'avoir jamais lu, me semble familier.

Les révélations reçues par Jean, après la mort du Christ, racontent comment après avoir brisé sept sceaux qui interdisaient la lecture d'un livre, s'abattirent sur terre la violence, la souffrance, la faim et la peste. À l'ouverture du cinquième sceau, furent choisis cent quarante-quatre mille hommes, douze mille pour chacune des douze tribus d'Israël qui avaient fait le choix de Dieu.

La rupture du septième sceau libéra sept anges avec leurs trompettes.

À ce moment du récit, je pense que les anges, en tout cas tels que j'en ai l'image, vont apporter un peu de douceur et de paix, mais ce sont eux qui, du souffle de leurs trompettes sur le monde, vont faire s'abattre un déluge de grêle et de feu qui détruit un tiers de la terre puis un autre tiers des êtres vivants dans la mer avant qu'un tiers des eaux de source ne soit détruit par un astre tombé du ciel. Le travail des trois premiers anges est poursuivi par un quatrième qui détruit un tiers du soleil, de la lune et des étoiles tandis que le cinquième envoie des sauterelles qualifiées d'aussi mauvaises que des scorpions, et que le sixième décime un tiers de l'humanité. Les hommes ne changeant rien à leurs comportements malgré l'imminence de la catastrophe, à la septième trompette du dernier ange, tous les éléments se déchaînent et la terre n'est plus que chaos.

Saint Jean a alors la vision d'une femme accouchant d'un nouveau-né et d'un dragon à sept têtes prêt à dévorer l'enfant.

Grâce à saint Michel et ses anges, je crois que l'histoire va connaître un dénouement joyeux, mais le dragon à sept têtes terrassé par l'archange est envoyé sur la terre. De nouveau des anges sèment la désolation asséchant les rivières, brûlant les sols et semant la terreur jusqu'à ce que chute l'orgueilleuse cité de Babylone. Le dragon, symbole du mal, est vaincu une nouvelle fois et enchaîné pour mille ans. Libéré, le mal sévit à nouveau et crée la discorde parmi les nations avant d'être définitivement éliminé dans un étang de soufre. Chacun n'est plus alors jugé par Dieu qu'en fonction de ses actes. Le récit s'achève par la description d'une Jérusalem céleste ouverte aux douze tribus d'Israël représentées par douze pierres précieuses qui soutiennent ses murailles : le jaspe, le saphir, la calcédoine, l'émeraude, le sardonix, le sardoine, la chrysolite, le béryl, la topaze, la chrysoprase, l'hyacinthe, et la labradorite.

Celles-ci, dans un ordre identique, sont rangées dans les douze tiroirs en bois d'ébène dans le haut du meuble de l'atelier de la femme médecine.

Tout le récit de Jean est peuplé d'animaux fantastiques, de mots pleins d'emphase, de symboles et de mythes qui prédisent à l'humanité un avenir chaotique avant de trouver enfin le chemin de l'amour divin.

Nos parents nous ont élevés dans la liberté de croire ou de ne pas croire. Mais peut-on d'ailleurs imposer à quiconque ce qui relève autant de l'intime.

Toujours est-il qu'eux-mêmes ayant grandi dans la tradition catholique nous proposaient parfois de les accompagner à une célébration. Enfant, j'étais émerveillé par les décors et la musique des grandes orgues, je passais le temps le nez en l'air à regarder les fresques et les dorures. Adolescent, refusant de prononcer un credo qui n'avait aucun sens à mes yeux, j'ai déserté les églises quand Mathilde, elle, continuait parfois de s'y rendre.

De mon côté je ne comprenais pas comment mon père, dont j'admirais l'érudition, pouvait se prêter au jeu d'une religion qui traduisait aussi peu en actes les mots auxquels elle se référait et n'était que prétexte à bâtir des institutions de puissance.

« Mais comment, toi qui as tant lu sur l'histoire humaine, peux-tu croire à tout cela ! », lui avais-je dit un jour.

« Je doute, donc je crois », m'avait-il répondu avec un sourire.

De mon côté, je n'ai que trop vu combien l'évocation de Dieu pouvait s'accompagner du pire que j'ai vécu sans lui rendre de comptes ni rien en attendre non plus…

Pourtant, je vois en Jean, l'évangéliste chargé d'aller au-devant des sept églises d'Asie, une figure qui me rapproche de l'histoire de ce lieu, comme si c'était ici que devait naître une huitième église, post-apocalyptique.

Éphèse, Smyrne, Pergame, Thyatire, Sardes, Philadelphie, Laodicée et Zagarand…

Une église de plein vent. Une église sans prêtre ni imam. Une église dépourvue de clocher cherchant à dépasser le minaret. Une église traversée par l'eau de l'Izir et habitée par les oiseaux autant que par les hommes.

Orangers

Je retrouve Maalik accompagné de son âne lourdement chargé.

Épictète, c'est le nom de l'âne, a les yeux entourés de longs cils qui me font penser à ceux des femmes que souligne le khôl. Son pelage gris est soyeux et il ne porte aucun licol. Maalik lui parle comme il parlerait à un homme et l'âne s'arrête ou se met en marche sans qu'à aucun moment Maalik n'exerce une quelconque autorité.

— Je croyais que nous ne partions que trois jours. Qu'y a-t-il dans les lourds paniers d'Épictète ?

— À manger. Mais ce n'est pas pour nous. Tu verras… Nous allons longer l'Izir jusqu'à sa source et je vais te montrer les sept stations de la rivière. Sept stations pour sept passages dans nos vies…

Le soleil, en traversant les branches des palmiers, joue avec les poussières de l'air et les insectes qui peuplent la palmeraie et fait vibrer des reflets dans l'eau. Je repense à l'échange avec Elias. Comment raconter ces reflets. Comment les décrire alors que chacun est unique, qu'il varie à tout instant au gré du vent qui fait se balancer les palmes et tamise la lumière. Je ne peux que raconter un tout, mon tout, et non ce qui compose ce tout. Pourtant chaque reflet, chaque extrémité d'une palme, la sauterelle qui capture une seconde de soleil dans ses ailes et les mouches qui vont et viennent vers le sol sont tous indispensables à ce tout. Je ne les oublie pas quand j'écris. Je sais ce que je leur dois même si je ne vais consacrer qu'une traînée de mots à ce qui mériterait une encyclopédie.

Sur le rivage de l'Izir, un muret arrondi émerge de la rivière. Bâti les pieds dans l'eau il est entouré de lauriers-rose fuchsia exubérants.

— Voici le lieu des naissances. Il est le plus proche du village. Une source d'eau chaude rejoint la rivière là où est érigé ce petit mur. Lorsqu'une femme va donner la vie, elle vient ici. L'homme qu'elle aime l'accompagne ainsi que sa mère. La tente en laine blanche que tu vois sur la berge est le lieu de l'attente.

Une magnifique tente fournit l'ombre à une mosaïque de tapis qui me font penser à ceux de la chapelle. Une grande vasque en terre est dévolue au feu.

— Quand elle doit accoucher, la femme et sa mère s'immergent dans l'eau où coule la source chaude, et l'enfant naît dans l'eau. L'homme allume un feu et ne rejoint la femme que lorsqu'il entend le cri du nouveau-né. C'est lui qui va couper le cordon ombilical et présenter l'enfant à la lumière. Ensuite la mère et son bébé rejoignent la tente blanche et l'homme retourne au village pour dire sa joie à tous. Il revient retrouver la mère et l'enfant avec ceux qui le souhaitent pour leur chanter des chants doux et joyeux.

Après avoir marché une bonne heure, l'Izir devient plus large et forme un petit lac. Au milieu se trouve une île où se dresse une tente blanche identique à celle des naissances. Des bosquets de lauriers-roses peuplés de chardonnerets rouge et jaune égayent les rives du fleuve.

Maallik me fait signe de ne pas m'avancer vers l'eau.

— Voici l'île des femmes ! Chaque jeune fille vient vivre ici ses premières règles. Seule. Elle mêle son sang à l'eau de la rivière car l'une et l'autre donnent la vie. Puis elle traverse la rivière et rejoint l'île. Là, depuis des siècles, des femmes ont écrit sur de grands livres reliés leurs désirs, leurs louanges à la vie, leurs espérances, leurs colères aussi. Il paraît que certains textes sont des poèmes merveilleux, d'autres des cris. Les jeunes filles restent ici le temps qu'elles veulent. Le temps qui leur est nécessaire pour donner naissance à une femme et prendre conscience que leur corps est désormais fécond et peut porter la vie.

J'aime ce lieu. Il s'en dégage une grande douceur. Sur l'île, je distingue une silhouette assise auprès d'un feu, la tête penchée vers ce qui doit être le grand livre dont parle Maalik. En plus de la belle tente blanche, l'île accueille trois palmiers superbes qui se détachent sur la terre rouge des collines qui bordent l'autre rive.

— Maalik, tu n'es pas marié ?

— Non. J'aime trop les livres !

Maalik éclate de rire.

— Tu sais, Paul, je suis très heureux ainsi. Tous les cavaliers messagers choisissent de l'être. Ce choix leur donne la possibilité de partir cinq années. Mais quand ils reviennent ils peuvent décider de vivre une relation amoureuse. Moi je ne l'ai pas souhaité. La lecture et les enseignements prennent tout mon temps. Je peux ainsi être disponible à chacun, sans réserve.

— Tu as été un cavalier messager ?

— Oui, à l'âge de trente ans je suis parti.

— Qu'as-tu apporté depuis Zagarand au reste du monde ?

— Un traité sur les pigments de la terre avec des échantillons de cent différents ocres et autant d'aquarelles aux teintes illustrant la richesse de cette terre.

— Où trouve-t-on ces ocres ?

— Tu auras la réponse à ta question demain…

Nous continuons de remonter la palmeraie qui longe l'Izir. Comme à son autre extrémité vers le désert d'Ibrane, les cultures ont disparu. Nous ne croisons plus âme humaine venue cultiver la terre ou récolter les fruits.

Alors que l'Izir fait une courbe, un grand espace est aménagé au bord de l'eau. Toujours ces lauriers fuchsia qui soulignent la beauté du lieu où des nattes sont posées au sol, éparpillées sans ordre apparent. Un pont en bois permet de traverser l'Izir et, sur l'autre rive, d'autres nattes composent à nouveau de multiples espaces protégés par l'ombre des bouquets de lauriers.

— C'est l'aube des couples.

— Là où ils viennent régulièrement faire le point… Mathilde m'a raconté l'importance de ces rendez-vous réguliers.

— Oui, après avoir remonté la rivière depuis le village, chaque couple s'installe sur une natte et va passer la nuit ici. Des petits feux luisent le soir de part et d'autre de la rive. C'est une ambiance merveilleuse.

— Tu es déjà venu ?

— Oui… Une fois… Sabah et moi avons été amoureux, mais notre désir d'aller découvrir le monde et de devenir cavaliers messagers a été plus fort. C'est ici que nous avons décidé de libérer nos liens. Dans les bras l'un de l'autre nous avons passé la nuit sur cette natte. Au matin nous avons échangé un dernier baiser, puis nous avons évité de trop nous croiser. Sabah est partie cinq ans avant moi. À son retour, comme à chaque retour d'un cavalier, nous avons fait une grande fête et la semaine suivante je quittais Zagarand pour cinq années. Sabah occupe toujours une place particulière dans mon cœur et je crois qu'il en est de même pour elle.

— Je le vois dans tes yeux… Et Amiane, elle veut être une cavalière messagère ?

C'est au tour de Maalik de me regarder avec malice...

— Non, Paul, pas que je sache. Mais Amiane semble être une femme un peu inaccessible. Peut-être qu'elle aussi aime trop la médecine pour accueillir quelqu'un dans sa vie.

Nous poursuivons notre remontée de l'Izir et le paysage change : ce qui n'était que de petites dunes de sable devient de hautes collines. L'Izir est plus étroit et forme une nouvelle boucle où se trouve notre étape : une immense roseraie. En nous voyant, un homme et une femme s'approchent de nous.

— Paul, je te présente Nüriel et Siloué, les jardiniers des roses.

— Bonjour, Paul, nous sommes heureux de vous rencontrer enfin.

— Merci. Vous ne vivez donc pas au village ?

— Non, nous sommes les gardiens des roses... et les initiateurs des jeunes adultes.

— Cela veut dire quoi ?

— Qu'à seize ans, les garçons de Zagarand viennent ici pour découvrir le féminin...

— Un cours d'éducation sexuelle ?

— Vous êtes bien terre à terre ! Non, le jardin des roses est un lieu où les garçons passeront sept jours pour découvrir que le féminin ne se résume pas à l'autre sexe ; qu'il existe en tout homme du féminin, que les garçons, s'ils n'ouvrent pas leur cerveau droit, passeront à côté de bien des capacités qu'ils possèdent autant que les femmes. Ici, au contact des roses dont ils doivent prendre grand soin, ils vont découvrir la douceur, la légèreté, l'intuition. Ils vont écouter des récits de Nüriel qui parlent des femmes. Ils entendront ce qui les différencie de l'homme. Nüriel leur dira qu'il existe de multiples langages de l'amour dont l'un, parmi une multitude, s'enflamme sexuellement. Ils vont apprendre à dire l'amour, à être l'amour, à le chanter et le peindre.

Maalik sourit devant mon regard ébahi.

— Vois-tu, Paul, ce rituel au jardin des roses est sans doute celui qui m'a le plus marqué dans mon parcours d'homme. C'est ici que j'ai eu envie d'habiter le monde en poésie. De faire de chacun de mes pas sur terre une louange, tel le grain d'un chapelet inépuisable. Le garçon fougueux que j'étais, en tenant une rose de cendre dans la main, cette rose grise qui nous vient du sud de la Chine, a versé ici ses premières larmes. La douceur du pétale, l'exotisme de son parfum m'ont profondément troublé. D'un seul coup, j'ai compris qu'un monde infini s'ouvrait à celui qui laissait de côté la force de ses bras et cultivait sa sensibilité.

Nous traversons la roseraie où butinent abeilles vertes et bleues, bourdons dorés aux poils noirs soyeux, guêpes en tenues rayées jaune et noir au plus près du corps.

L'odeur des roses me transporte dans les jardins de ma mère, au pied de la Sainte-Victoire. Elle aussi pouvait passer des heures entières, oubliant de nous rejoindre pour le petit-déjeuner, à « faire le tour des roses après la nuit ». De sa tournée elle revenait les pieds mouillés de rosée, enjouée et émerveillée par le bouton d'une fleur tout juste éclose qu'elle guettait depuis plusieurs jours. « Vous devez absolument voir ça ! », nous disait-elle. Et, le petit-déjeuner avalé, nous obéissions. Mathilde partageait la capacité d'émerveillement de notre mère et il reste dans sa chambre des dizaines de dessins du jardin, de pétales séchés dans des carnets blancs accompagnés d'un échantillon d'aquarelle, tentative d'interprétation de la beauté d'une rose.

Voir vraiment, ne pas simplement traverser un paysage, devrait s'apprendre autant qu'écrire, compter ou lire.

Nous nous arrêtons pour manger nos dattes et du fromage de chèvre avec les fèves que j'ai ramassées le matin même. Maalik cueille des oranges et nous restons en silence.

Les beaux cheveux gris bouclés de Maalik sont traversés de lumière et me font penser aux roses cendre de Chine qui l'avaient tant ému.

L'Izir s'élargit et des torrents en provenance des collines rejoignent le cours principal de la rivière. Sous les palmiers, c'est maintenant une immense orangeraie que nous traversons. Je vois des hommes et des femmes qui remplissent des paniers de fruits et repartent vers le village avec de petits ânes bien chargés.

— Est-ce que ce sont les oranges d'Ismaël ?

— Oui, Ismaël a planté ces arbres car la fleur d'oranger est le parfum des alliances. C'est dans ces grandes tentes que sont célébrées celles entre les hommes et les femmes. C'est le lieu des grandes fêtes et des grandes joies ! Tu verras, dans quelques jours nous nous réjouirons de l'union de Nüriel et de Siloué.

— L'Izir prend sa source là-bas !

Maalik tend le bras et me montre un horizon occulté par les flancs d'une montagne.

— C'est là-bas que nous irons demain, mais ce soir nous dormirons dans les oliviers.

Plus nous avançons, plus la rivière se rétrécit. Nous parvenons à un premier muret de pierres sèches qui ceint un grand espace avec des oliviers magnifiques.

— À chaque arbre que tu vois correspond un être qui a quitté Zagarand.

— C'est le champ des morts.

— Si tu veux.

— Lorsque quelqu'un décède il est transporté ici, au bord de l'eau.

Maalik me montre trois autels en pierre bâtis dans le lit de la rivière.

— Chaque corps est déposé sur un autel et lavé à l'eau de l'Izir par des personnes choisies. Tu fais partie de celles-là… Ensuite, le corps nu, enveloppé dans un drap blanc, est déposé face contre terre là où sera planté un olivier. Nous allons faire ce geste pour ton fils et nous laverons ensemble son corps.

— Je ne comprends pas…
— Viens !

Maalik s'approche, ôte ses sandales, et se met sur le côté d'un autel, les pieds dans l'eau.

— Place-toi de l'autre côté et raconte-moi ce corps.

Maalik plonge les mains dans l'eau et commence doucement à verser l'eau sur le corps imaginaire du fils que je lui raconte.

Je mouille mes doigts et caresse son visage aux yeux clos. Je fais couler l'eau dans ses cheveux blonds et les lisse le long de ses joues. Identiques aux rayons de soleil d'un dessin d'enfant, ils entourent son visage. Maalik couvre ses mains d'huile de fleur d'oranger et prend le bras gauche de mon fils tandis que je prends le droit. De son épaule au bout de ses doigts, j'enduis ce corps aimé de la fleur d'oranger qui embaume. Il brille comme les oranges du champ d'Ismaël. Après les bras, ce sont les jambes. Je caresse les genoux de celui qui n'est plus qu'un corps inerte sur les bords de l'Izir. Maalik murmure un chant d'une voix douce et grave. Mon fils nous relie l'un à l'autre dans ce moment singulier où je comprends que le corps n'est qu'une enveloppe de chair et d'os et que l'essentiel est ailleurs, que l'essentiel est ici. Il est dans la pointe de cet instant où, avec l'infinie douceur d'un père, je prends la vie de la rivière pour transformer l'absence en présence. Ce n'est plus un corps que je caresse, mais un amour dont je prends soin comme du plus précieux de ma vie.

Maalik me tend un drap blanc avec lequel nous recouvrons l'autel.

— Aide-moi à le porter, Paul.

Chacun d'un côté et de l'autre de ce corps que nous avons lavé, nous transportons mon fils. Je suis surpris par son poids. Dans ce drap blanc, il y a bien plus qu'un fils, il y a la douleur de mon deuil, ma tendresse infinie, la reconnaissance d'avoir tant aimé et été aimé en retour. Ce drap blanc vide pèse autant que l'amour d'un père pour son fils.

Face contre le sol nous déposons le tant aimé dans le berceau de la terre qui le recueille comme une mère dans ses bras. À mains nues, Maalik et moi couvrons de terre le drap blanc qui disparaît enfin. Un jeune olivier est retiré de son pot de terre et nous le plantons jusqu'à ce qu'une cuvette se forme pour recueillir l'eau qui l'aidera à grandir.

— Paul, tu vois le lichen qui s'accroche aux troncs des oliviers ?

— Oui.

— C'est l'écriture de ceux qui ne marchent plus sur la terre. Une calligraphie mystérieuse transmise par les défunts aux arbres. Approche-toi et tu y liras des mots, même si tu ne les comprends pas...

— C'est beau comme les mots arabes d'Elias sur son cahier.

— L'homme qui quitte la terre est tel le sable qui ne tient plus au sol et s'envole. Il est dans le vent et dans les branches. Il est partout.

Allongé sous un vieil olivier, j'entends le souffle régulier de Maalik. L'homme en paix dort... Il m'a laissé à la nuit avec quelques mots en guise de méditation :

— L'éclosion reste cachée. C'est une citation d'Héraclite. Parfois, les hommes sont meilleurs que leurs idées, d'autre fois leur humanité se révèle là où tout semblait chaos. Bonne nuit, Paul.

— Bonne nuit, Maalik.

Une à une apparaissent les étoiles dans le ciel.

Après avoir compté les premières, leur multitude interrompt le chapelet que j'égrène. Seul je reste, muet, succombant à la poésie généreuse du ciel.

Sans le noir de la nuit, le plus noir qu'il soit, aucune étoile n'apparaît. La nuit est indispensable à l'étoile.

Faisait-il nuit quand Héraclite écrivit ces mots ? L'éclosion reste cachée, et silencieuse, puis-je ajouter.

Il n'existe pas de bras pour que se blottisse la douleur d'un père. Seul l'infini des étoiles et leur silence peuvent répondre à sa question. Seules sont-elles à la hauteur de l'enjeu, capables de donner sa juste dimension à l'amour qui cherche son fils. Toute sa vie, dans l'inexprimable de ses peines, l'homme habite une nuit qui cherche des étoiles.

Dans ce ciel nocturne brodé par le feuillage des oliviers, j'entends enfin l'écho de mon amour silencieux.

Arrière-monde

— Maalik, plus je vis avec vous et plus j'ai le sentiment de me perdre. Ce que je croyais être mes repères se fragmente. Ce que je savais s'est mué en doutes. Il y a en moi quelque chose qui résiste à l'histoire qui se raconte ici car elle me déstabilise.

— Sais-tu, Paul, que dans la Bible il y a 295 points d'interrogation ?

— Non…

— Vois-tu, c'est tout le problème de l'Occident. Dès qu'il le peut il oublie les questions et se rassure avec la première réponse venue. Comme si vivre était une grille de mots croisés qu'il fallait remplir. Chaque réponse que tu trouves contient le tiroir d'une autre question ou alors, c'est que tu ne vis pas vraiment, que tes réponses deviennent les murs d'une tour qui s'élève autour de toi et qu'elles finissent par te cacher la lumière. Tu crois alors te rassurer avec l'illusion de savoir. En réalité, c'est l'ignorance qui emprisonne celui qui croit tout savoir. De même que nous avons identifié moins d'espèces vivantes sur terre qu'il n'en reste à découvrir, au lieu d'explorer les 295 questions de la Bible, vous n'avez entendu qu'affirmations et dogmes impérieux.

Pendant que nous marchons en silence, se rapproche la montagne. Elle est impressionnante, falaise rougeoyante à la lueur du premier soleil. Une cascade coule à mi-hauteur. Jaillissant de la roche, l'Izir paraît venir de nulle part.

Comme lors de mon arrivée dans la palmeraie à la sortie du désert d'Ibrane, notre chemin est arrêté par de hautes murailles en terre rouge. Une lourde porte, identique à celle que j'avais franchie après ma quarantaine, nous empêche de poursuivre.

Maalik s'approche et se saisit d'une immense trompe sculptée dans un bois clair dont il laisse l'extrémité la plus ouverte au sol tandis qu'il porte à ses lèvres l'autre bout. Il souffle alors avec lenteur, mais aucun son n'en sort. Il continue de souffler à plusieurs reprises, nullement surpris par le silence qui perdure. À la cinquième reprise, une vibration grave, ample et d'une puissance inouïe, se répand dans toute la vallée et rebondit à l'écho des falaises.

Peu de temps après, la porte s'ouvre.

Un cavalier s'incline devant Maalik qui prend ensuite l'homme dans ses bras.

— Sahini, je te présente Paul.

— Bonjour, Paul, nous vous attendions.

— Bonjour, Sahini.

— Tenez !

Sahini est accompagné de deux chevaux alezans.

Maalik monte avec agilité sur le premier et m'invite à en faire autant.

— C'est une première pour moi…

— Ne crains rien, les chevaux de l'Izir ne sont pas dressés mais élevés…

— Que veux-tu dire ?

— Qu'à tout moment le cheval que tu montes peut décider de ton sort. Ce cheval te fait l'immense don de te porter sans rien attendre en retour. Il le fait car il a confiance. Il le fait car sa relation aux hommes, et réciproquement, n'est que douceur et attention.

Alors que nous avançons vers les chutes de l'Izir, je distingue, accrochées à flanc de falaise, des structures en bois qui sont comme d'immenses nids. Chaque habitat est relié aux autres par des passerelles, des échelles, des poulies et tout ce village suspendu à la montagne est animé d'hommes et de femmes qui vont et viennent.

Au pied de la falaise, des cultures et d'immenses espaces dédiés aux chevaux.

— Voilà le trésor de Zagarand, Paul… Dans ce lieu, durant une année, les jeunes viennent écrire l'histoire du monde qu'ils veulent voir advenir. Le raconter, prendre le temps de le dessiner, de le tisser. Ils vont alterner des périodes dans ce camp et au village pour participer aux activités que tu connais.

— C'est un peu comme un campus étudiant…

— Si tu veux. On appelle ce lieu le camp des tisserands. Personne n'est jamais allé en haut de la montagne que tu vois. Nul ne sait ce qu'il y a de l'autre côté car les sommets sont interdits ; dans la tradition touarègue ils sont le territoire des dieux. Pour apprendre la coopération, il sera confié à chaque jeune un cheval qui n'a jamais été monté, sauvage, libre. Ni mors ni rênes, le cavalier ne conduira son cheval qu'à la voix. Jamais de force, seuls les mots, l'intention, la douceur. Un jour le cheval s'agenouille et c'est lui qui propose au cavalier de grimper sur son dos. Alors seulement le jeune a achevé son enseignement.

— Maalik ! Mon frère… Vous avez tant tardé !

— Tikniouine, ma sœur, je te présente Paul.

— Bonjour, Paul.

La jeune femme porte à son cou une pierre de lune aux reflets fascinants.

Mon regard va de celui de Tikniouine à celui de Maalik et revient à la pierre de lune. Maalik me sourit et caresse son cheval à l'encolure en lui glissant quelques mots. Nos montures se mettent en marche vers le pied de la falaise et nous pénétrons dans des galeries immenses dont les parois sont veinées d'ocres aux teintes multiples. Il existe même une ocre bleue !

Alors que nous pénétrons plus avant dans la galerie, des torches brûlent sur les murs. Avec une application qui se lit sur leur visage, de jeunes femmes grattent l'ocre et la dépose dans des pots en terre.

— Nous ferons le reste du chemin à pied…

Maalik et sa sœur descendent de cheval et je les suis.

Nous entamons la montée d'un escalier aux marches qui vont s'élargissant jusqu'à atteindre une salle immense aux parois dorées dans laquelle nous entrons. Là, de jeunes hommes travaillent, dans un silence intégral. Ils composent des bobines d'un fil brillant qui semble directement se détacher des parois.

Je suis sidéré. Cela ne peut être de l'or, en si grande quantité et sous une forme où chaque brin a la finesse d'un fil à coudre…

Maalik me sourit et poursuit, la galerie bifurque à gauche et la lumière pointe au loin, une lumière aveuglante pour nous qui venons de vivre un long moment sous terre.

Nous débouchons en plein jour sur les bords d'un lac magnifique entouré d'herbages où sont disposées d'immenses tentes blanches.

Je comprends alors que nous nous trouvons dans le cratère d'un ancien volcan.

Dans chacune des tentes, des hommes et des femmes tissent…

L'atmosphère est joyeuse. Tikniouine fait parfois des remarques à l'un ou à l'autre.

Les regards que je croise ne semblent pas étonnés que je sois là.

— Maalik, où sommes-nous ? C'est incroyable !

— Ce lac est la source de l'Izir. Au XIVe siècle, les princes de Valois, de retour de croisade, chameaux et chevaux chargés des trésors de l'Orient, sont venus ici. Comme tu viens de le faire toi-même, ils ont découvert les métiers à tisser de Zagarand. À l'époque, seules des femmes tissaient. Les hommes recueillaient les pigments et réalisaient des teintures inconnues en Europe. Jamais personne n'avait vu l'indigo, le safran, la rose, le noyer et surtout les fils d'or issus des carrières que tu as traversées. Ils ont voulu asservir la communauté qui vivait ici. Métis des Touaregs et des Noirs du royaume de Ghana, cette tribu n'était prête à aucune allégeance et une violente bataille aux armes inégales faillit faire disparaître les artisans des sources de l'Izir. Une femme, Elisann, eut l'idée d'empoisonner ce lac, à la source de la cascade. Elle commença par mettre de côté des dizaines de barriques puis attendit le matin pour verser son poison dans l'eau. C'est ainsi que les chevaliers, certains gravement malades, d'autres agonisant, quittèrent cette vallée pour rejoindre le Royaume de France. Alors qu'ils se trouvaient en plein désert d'Ibrane, Elisann, cavalière de Zagarand, voulant garantir la paix à son peuple, offrit au duc Louis Ier d'Anjou l'antidote pour guérir les chevaliers à la condition de ne jamais plus venir verser le sang aux sources de l'Izir. Le duc d'Anjou accepta et fit bien davantage car il commanda aux tisserands une tapisserie de cent mètres de long pour illustrer l'Apocalypse de saint Jean. Pendant les quatre années de réalisation de cette tapisserie, le frère Arthur de Vallombreuse, un moine érudit, vécut ici et enseigna aux habitants le sens de l'Apocalypse, c'est lui qui dirigeait le travail des ateliers, et les dessins. Ce moine portait à son cou…

— Une labradorite.

— Tu suis bien, Paul. Cet homme avait une si grande érudition, un tel talent pour dessiner, le tout associé à la bienveillance d'un saint homme que la population locale le surnomma « le clairvoyant ». Le travail achevé, Arthur partit pour la France avec douze chameaux chargés de la tapisserie à livrer au duc d'Anjou et offrit à Khalil, un jeune homme qui avait suivi son enseignement, la labradorite. Depuis ce jour, de génération en génération, la pierre a traversé les âges et nous avons continué de la confier à celui qui est chargé de l'enseignement des jeunes adultes.

— Ismaël...

— Oui, c'est le dernier à qui nous l'avons remise.

— Et que s'est-il passé ?

— Chaque maître des novices, c'est ainsi qu'on appelle celui à qui est confiée une génération de jeunes adultes, conduit l'écriture d'une tapisserie qui raconte le monde que les jeunes veulent voir advenir. D'abord ils échangent, débattent, expriment leurs désaccords avant de procéder par consentement, chacun arguant de ses arguments jusqu'à ce qu'un récit clair apparaisse. Sont alors choisies « les emblématiques », c'est-à-dire les sept dimensions qui vont soutenir les sept piliers de l'histoire. Cette phase d'échanges achevée, les jeunes peuvent alors entreprendre la rédaction d'un livre qui viendra compléter le récit de Zagarand et qui sera complété par sept illustrations des emblématiques qui traduiront en dessin ce récit. Vient enfin le choix des pigments pour teindre les laines qui tisseront une pièce de la tapisserie que tu verras tout à l'heure. Tout cela apprend l'entraide, car sans un parfait accord entre chacun des jeunes nulle réalisation n'est possible, nulle harmonie profonde ne peut émerger. Passé trois années, le maître des novices transmet la labradorite à celui ou celle qui a été désigné pour accompagner la génération suivante…

— Sabah.

— Tu as tout compris… Mais Ismaël, grisé par le pouvoir de clairvoyance, n'a pas voulu rendre le pendentif. Il a pris un cheval noir et a voulu connaître les frontières célestes de Zagarand en gravissant la montagne. Arrivé à mi-pente, le cheval s'est cabré et a mis à terre son cavalier. Jamais un cheval n'avait agi ainsi. Alertée par les jeunes adultes, Hylia qui devait épouser Ismaël vint parler à l'homme qu'elle aimait pour le raisonner. Portant sur son dos la jeune Mayssa, elle tendit sa main vers Ismaël mais celui-ci, agrippé à la labradorite, les yeux tel un fou, ne voulut pas se séparer de la pierre.

— Pourquoi ne l'avez-vous pas prise de force ?

— Ici la violence est interdite. Qu'elle soit physique, morale ou verbale, rien, jamais rien ne la justifie. Nous avons laissé le choix à Ismaël de rendre le clairvoyant ou de quitter Zagarand…

— Et il est parti ?

— Oui… Ismaël a perdu la vue au soleil du désert, un clairvoyant accroché à son cou. Tu sais, le goût de la puissance est un poison. Ismaël n'a pas compris…

— Que veux-tu dire ?

— Ce que je vais te dire maintenant, seule Amiane le sait. C'est un secret que je te demande de garder.

— Bien sûr.

— La labradorite n'a pas de pouvoir de clairvoyance particulier. C'est comme l'anneau de Frodon imaginé par Tolkien dans *Le Seigneur des anneaux*. Il a le pouvoir qu'on lui donne, celui de la légende des siècles. Et c'est pourtant bien un pouvoir extraordinaire, car c'est en lui que les hommes croient. Il en va de même avec ton fils.

— Pourquoi me dis-tu cela ?

— Car j'aurais pu te donner la labradorite et la mettre à ton cou en te disant qu'elle te permettra de retrouver ton fils. Mais tu n'es pas de Zagarand et je sais combien le foyer de ta foi est froid. Tu aurais résisté et fini par tuer le mythe de la pierre.

— Mais pourquoi n'avez-vous pas accepté le retour d'Ismaël ?

— Nous n'avons rien interdit. Seul son orgueil l'empêche de revenir.

— Tu veux dire qu'il pourrait retrouver Hylia et Mayssa ?

— Je veux dire qu'il existe toujours un chemin pour celui qui se trompe et veut corriger son erreur. C'est à Ismaël seul de le parcourir. C'est à lui de retrouver celui du cœur d'Hylia. Quand à Mayssa, l'amour d'une enfant pour son père est plus grand que les hautes falaises des sources de l'Izir ! Même l'enfant d'un assassin conserve en lui les braises de l'affection pour un père qui ne refroidissent jamais.

— Mais alors, pourquoi la pierre au cou de Tikniouine a-t-elle un reflet si particulier ?

— Une pierre de lune a le reflet que tu y vois...

J'aime cet humour tendre qui sous-tend souvent les propos de Maalik. Je ne me sens jamais jugé.

— Maintenant, suis-moi...

Nous contournons le lac et parvenons à un abri sous roche où le soleil ne peut entrer, mais qui bénéficie de la lumière du reflet des eaux.

Devant moi, accrochée aux parois rocheuses, une immense tapisserie s'étend.

— Voici, Paul... Voici le récit de Zagarand. Voici six siècles de récit. La suite de celui de l'Apocalypse qui se trouve en France. Je te laisse découvrir une autre histoire du monde. Celle à laquelle nous consacrons chaque heure du jour. Notre arrière-monde...

Je suis profondément ému par cette fresque. Tout ici respire une alliance accomplie entre l'homme et la nature, entre l'homme et la femme, entre les adultes et les enfants. Partout des mains se donnent à d'autres mains des chemins empruntés par des enfants rejoignent la cime des arbres. Aux lianes tombées du ciel se balancent des filles et des garçons ; les fleurs sont tramées de ces fils d'or que l'on retrouve aussi pour faire briller le regard des oiseaux du ciel. Les eaux sont vives et jamais je n'ai vu pareille transparence d'un bleu glacier pour exprimer les flots des torrents.

Je ne sais non plus comment les feuilles des arbres ont pu trouver la brillance tantôt grise, tantôt verte qui me trouble car elle me rappelle les yeux de ma mère. Partout des fruits et des fleurs, dont certains que je ne sais reconnaître s'offrent à des hommes cueilleurs, à des femmes qui prennent soin de chaque arbre. Je vois derrière chaque fil tissé la main d'un jeune adulte de Zagarand. Je vois dans cette étoffe l'image parfaitement inversée de celle d'un Occident qui ne cesse de lacérer ses idéaux.

Tout à fait à la gauche de la tapisserie, un homme à la barbe blanche ouvre la paume de sa main. De là semble venir la lumière qui rayonne sur les centaines de mètres de l'étoffe. Je suis frappé de voir combien les ocres de la terre s'éclairent avec les tableaux les plus récents. La lumière gagne sur les temps sombres des origines.

Je repense à la signification de l'Apocalypse, à ces effondrements successifs que traverse l'homme égaré. Au dévoilement qui s'offre à celui qui ose ces traversées. Aux révélations qui surgissent quand sont abandonnés les vanités et le culte des veaux d'or.

Sans doute y a-t-il en tout homme des portes massives qui ne demandent qu'à s'ouvrir à qui persévère et mêle son souffle à plus grand que lui.

Le récit que je découvre fait s'effriter mes dernières certitudes.

Se peut-il qu'à ce point nous ayons oublié de rêver nos destins ?

Sixianne

La nuit tombe au jardin des sources de l'Izir.

Nous avons vidé les paniers d'Epictète et partagé le repas avec les habitants de ce territoire aux confins de Zagarand.

Comme au village, le même appel a retenti et tous se sont rassemblés.

Sahini assure l'enseignement des cavaliers et Tikniouine guide les jeunes tisserands. Ils sont les deux seuls adultes du camp. Parmi tous les jeunes en apprentissage, je reconnais quelques visages croisés à la Maison de la poésie ou en formation chez les artisans.

Il règne une atmosphère étonnamment calme, bien différente du brouhaha qui accompagne de coutume les repas au bord de l'Izir.

— Pourquoi ces jeunes sont-ils tous si silencieux ?

Tikniouine pose devant moi une galette de pois chiches avec une crème de raisins à la menthe et me répond :

— Durant le temps où ils sont ici nous demandons aux jeunes de garder le silence pendant les repas. Nous les invitons à penser à la journée qui vient de s'achever et à celle qui viendra. Ce temps, que l'on qualifie de relecture, il est proposé à chacun d'en conserver la pratique pour tenir le cap d'une vie. Certains, les plus actifs des adultes, oublient parfois ce rendez-vous et reviennent quelques jours en retraite. Chaque soir, Sahini propose une lecture en guise d'introduction aux pensées vespérales des jeunes quand ils rejoignent leur couchage. Mais aujourd'hui, puisque vous êtes avec nous, ce sera au tour de Maalik.

— C'est un peu comme dans les monastères. On écoute la parole divine et on mange en silence.

— C'est effectivement une règle inspirée des monastères et qui est un héritage du séjour de frère Arthur lorsqu'il guidait les tisserands.

Maalik se lève et rejoint une petite estrade. Il pose un livre sur un pupitre et lit :

La nuit s'avance et avancent avec elle les songes et les regrets
Des songes vous ferez des oranges
Des regrets des ronces à vos pieds emmêlés
La nuit s'avance et avancent avec elle les étoiles et les craintes
Des étoiles vous ferez des colliers
Des craintes des murs plus hauts que des murailles
Gardez la mémoire de la peau de vos mères
Descendez les rivières où vibre la lumière
Ne restez pas transis, muets, inquiets quand le monde simplement tourne sur lui-même

Des lignes de vos mains prolongez les chemins
Il n'est de poème qui s'écrive au glaive ou au couteau
Les mains des plus anciens ont creusé des sillons
À vous de les poursuivre, les perdre ou les effacer
Soyez en vous-mêmes, inlassables chercheurs
Ne soyez pas seulement héritiers mais devenez bâtisseurs
Seule au creux du doute se trouve la lumière.

— Qui a écrit ce texte, Maalik ?

— Sabah… Au départ d'Ismaël elle est venue le lire aux jeunes qui étaient désemparés car ayant perdu un maître qu'ils suivaient aveuglément.

— Cela a dû être difficile pour ces jeunes.

— Ce n'est pas le chemin qui est difficile, c'est le difficile qui est le chemin…

— Kierkegaard.

— Oui, Paul. Mais sais-tu à quel propos le philosophe a écrit ces mots ?

— Non.

— Au sujet du sacrifice d'Isaac par son père Abraham. Ce passage de l'Ancien Testament qui a tant fait couler d'encre… Comment Dieu pouvait-il demander un tel geste au vieil Abraham ? Le difficile est souvent ce qui nous fait grandir bien plus vite que ce qui va sans que nous y prenions garde, comme le jour succède à la nuit. De cela chacun est appelé simplement à en accepter la loi. Pour tout le reste, à chaque instant l'humain est invité à discerner, choisir, trier, refuser, adopter, aimer. Il n'existe aucun chemin tracé.

Tiknioiune nous accueille chez elle.

Aux échelles et passerelles accrochées aux falaises sont allumées des torches qui brûleront toute la nuit. À chacune des passerelles, une cabane est bâtie avec les troncs des palmiers que recouvrent des palmes tressées en guise d'abri. Les jeunes qui viennent au camp des tisserands passent ainsi leurs nuits perchés dans les falaises.

Nous avons atteint une vire creusée dans la roche. Seule la maison de Tikniouine occupe cette longue anfractuosité rocheuse.

— Pourquoi avoir ainsi choisi de vivre à la verticale de cette falaise ?

— Cet habitat date du IXe siècle. À l'époque, le grand escalier sous la roche n'existait pas. Pour accéder au lac il fallait d'abord grimper dans la falaise et suivre le lit de la cascade de l'Izir. C'est aussi grâce à ces passerelles et à ces échelles qu'ils pouvaient ôter que les Touaregs ont résisté à l'assaut des croisés.

— Mais pourquoi avoir continué ainsi. Ce n'est pas ce qu'il y a de plus commode.

— Ce fut une décision de la communauté. Alors que nous passons notre vie dans une représentation horizontale, nous avons trouvé intéressant que les jeunes vivent cette dimension verticale. Se développe ici un autre rapport au danger, à la chute, à la prudence également.

— Jamais personne n'est tombé ?

— Jamais… ne sois pas le premier, Paul !

Adossé à la falaise je regarde vers le nord, en direction du village ; le long ruban de la palmeraie s'étend en suivant le lit de l'Izir.

Je distingue les feux qui brûlent dans le jardin des roses. Nüriel et Siloué doivent s'aimer à la douceur de cette nuit.

Je pense à Elias qui lui, doit écrire à la lueur de sa bougie. Il m'a promis de rédiger plusieurs chapitres durant mon absence.

Je songe à Mathilde, à la sérénité qui l'habite, à l'assurance qui se dégage d'elle depuis qu'elle a trouvé sa place.

À l'image de l'Izir dans ces falaises abruptes il s'ouvre une brèche où je vois parfois revenir la lumière du sourire de mon fils. Un étroit sentier où j'hésite encore à m'engager.

Mes pensées vont aussi à Amiane. Comment oser reconnaître ce sentiment qui me traverse…

Enroulé dans une couverture, la tête posée sur mon coude, le regard tourné vers ce nord où tant d'êtres aimés vivent désormais, je me laisse prendre par la nuit du jardin des sources et je deviens le berger d'un troupeau d'étoiles.

La première lueur de l'aube me réveille.

Une nuit aux rêves émaillés des fils d'or des tisserands, une nuit cavalière sur les chevaux de Sahini vers la prairie des simples.

Tout est silencieux quand je me lève. Alors je m'engage sur la passerelle pour descendre dans la vallée.

Je marche le long de la rivière jusqu'à trouver une petite retenue où je peux me baigner. Ma tunique posée sur la berge, je m'immerge dans l'eau claire.

Je frotte mon visage et tout mon corps avec ce savon d'herbes et d'ocres mêlées que m'a offert Amiane. « Tu verras, c'est plus doux qu'une caresse », m'avait dit la femme médecine.

Une caresse. Il y a des mots qui sont à eux seuls des promesses, des verticales parfois. Des mots oubliés qui semblent empruntés au passé. J'ai été à la douceur, à la caresse. J'ai su de quelle façon poser ma main sur un corps aimé. M'appuyer contre le corps d'une femme, le tenir, le porter comme plus grand que moi. Saurai-je encore ?

Alors que je sors de l'eau, laissant sécher ma peau au seul souffle chaud du vent, un cheval noir s'approche et me regarde nu.

— Te voici bien peu discret, monsieur cheval ! À moins que tu ne sois madame. Oui, mes excuses. Permets-moi de me vêtir.

Enfilant ma tunique, je me sens plus présentable.

Le cheval ne cesse de me regarder. Il est d'un noir qui me rappelle le jais des cheveux de Mayssa. Son regard me fixe et m'impressionne.

Alors qu'il s'approche encore, je vois que son pelage est marqué de traces de boue séchée, de ronces encore accrochées à ses jarrets ou dans sa crinière.

Ce cheval ne ressemble pas à tous ceux que j'ai vus dans la prairie et qui étaient si soignés.

S'approchant un peu plus, la jument incline sa tête et porte son front à mon front. Je tends alors doucement la main et caresse son encolure.

À mon tour, j'avance d'un pas et pose ma tête sur son pelage.

Sous mes mains, je sens la paille emmêlée aux épines et commence à retirer chaque herbe, chaque bout d'écorce. Je contourne la jument et continue de passer mes mains avec application pour peigner sa longue crinière. Mes doigts rencontrent une perle de pierre noire polie, brillante comme le métal, soigneusement nouée à une mèche de la crinière. Je décide de ne pas ôter ce talisman équin.

Le jour est maintenant pleinement levé et je pose la main sur sa croupe, l'invitant à avancer jusqu'à la rivière.

Nous voici l'un et l'autre les pieds dans l'eau.

D'un mouvement qui cueille l'eau entre mes mains et remonte sur ses flancs noirs, passage après passage, je dissous la boue séchée.

La jument accepte chacun de mes gestes et je retrouve le chemin d'une caresse.

Tout à l'animal bien plus grand que moi, je n'ai pas vu venir Sahini et de jeunes cavaliers qui m'observent de l'autre rive. Le regard du maître des chevaux me surprend. Le doigt sur la bouche, il demande à chacun de se taire. Les enfants sourient. Je comprends que je ne suis pas étranger à leur sourire même si je ne sais pas la raison de cet attroupement.

Nous sortons, la jument et moi, de l'eau et elle s'agenouille à l'image des chevaux qui nous avaient accueillis à notre arrivée.

Sahini et ses élèves semblent interdits et émerveillés par ce qui se déroule devant leurs yeux.

Je prends l'encolure du cheval entre mes bras et enjambe sa croupe. Alors, dans un mouvement lent, la jument noire se dresse et marche au pas vers la falaise.

Là-haut, Maalik et Tikniouine suivent toute la scène tout comme les apprentis tisserands désormais réveillés, occupant les passerelles tels des spectateurs dans des gradins. Tous applaudissent à l'unisson.

Je ne comprends toujours pas l'objet de cette liesse jusqu'à ce que Sahini me rejoigne.

— Que se passe-t-il qui vous surprenne tant ?

— Paul, Sixianne est le nom de la jument que tu montes. Elle appartenait à Ismaël. C'est elle qui se cabra et le fit chuter alors qu'il voulait atteindre le sommet de la montagne. Depuis, jamais plus personne n'a réussi à l'approcher. Ce qui vient de se passer relève du miracle. Tu as soigné ce cheval qui depuis des années vit sauvagement.

— Je ne sais qui a le plus soigné l'autre...

— Désormais, cette jument est ta jument.

— Non, Sahini, ce n'est pas possible. J'en suis incapable !

Je dis cela avec une telle vivacité que Sahini se tait.

Je rejoins Maalik et Tikniouine autour du thé et de petites crêpes gorgées de miel. Des oranges finement coupées et saupoudrées de cannelle se dégage un parfum qui achève de donner à ce matin un goût singulier.

Le frère et la sœur ont un large sourire et me félicitent à leur tour.

Sahini s'assied à mes côtés et passe sa main dans mon dos avec tendresse.

Je sens venir des larmes que je ne retiens pas.

Maalik et Tikniouine regardent tour à tour le maître des cavaliers et moi, cherchant à comprendre.

— Sixianne a choisi Paul comme cavalier.

— C'est une chance, Paul, jamais personne n'a égalé Ismaël dans sa capacité à écouter les chevaux. C'est un grand honneur qu'un tel cheval te reconnaisse ainsi.

— Mais je ne veux pas être responsable de cette jument. Je ne suis pas prêt à prendre une telle responsabilité. C'est bien trop pour moi qui peine encore à savoir qui je suis et où je vais.

— Je comprends. Mais accepte alors que ce cheval soit un peu responsable de toi. Il a plutôt bien commencé…

L'amazone

Maalik est reparti avec l'âne Épictète. Il m'a invité à demeurer quelques jours au jardin des sources avant de retrouver tous les habitants à l'orangeraie pour célébrer l'alliance de Nüriel et Siloué.

J'ai accepté avec enthousiasme.

Je passe ma première journée au bord du lac à admirer l'histoire que raconte la tapisserie. Je la suis lentement, découvrant certains détails qui m'émeuvent ou me font sourire.

Ainsi en est-il de ce lapin qui traverse la tapisserie au fur et à mesure que la toile se déroule : plongeant dans un terrier duquel ne dépasse que son derrière, avant que ses oreilles ne réapparaissent un peu plus loin puis disparaissent de nouveau avant qu'il ne ressorte avec un air étonné.

De part en part, le lapin semble adopter des attitudes qui font écho à l'histoire racontée. Devant le dessin d'un orchestre heureux de jouer des notes accrochées aux ailes des oiseaux, le lapin applaudit.

Plus tard il s'émeut devant la mère qui donne naissance à des jumeaux dans l'eau de l'Izir.

Je reste longtemps devant une scène qui représente des bras levés semblant vouloir occulter la lumière du soleil. Les fils d'or tressés forment des reliefs sur la toile et se défont au contact des mains avant de se reformer ensuite. Comme si nulle volonté ne pouvait empêcher le passage de la lumière.

En vis-à-vis de chaque expression d'un visage masculin, un autre féminin y répond.

Certaines pièces de la tapisserie sont ajourées telle de la dentelle, d'autres sont enrichies d'apports comme ces morceaux de bois flottés liés à la toile et surmontés de boules orange. La partie précédente est bleue, d'un bleu informe mais tramé de fils d'or qui scintillent et forment une vibration qui trouble l'œil à l'image d'un flou dans l'objectif d'un photographe.

Je comprends qu'il s'agit d'un radeau que les tisserands ont imaginé pour descendre le fleuve, mais pour aller où ?

Le soir, je retrouve Tikniouine et l'interroge sur la signification de cette scène.

— À Zagarand, comme dans tous les déserts, la pluie donne lieu à de grandes fêtes. Alors que j'étais enfant nous avons vécu un événement exceptionnel : durant douze jours, sans interruption, la pluie est tombée. L'Izir a gonflé et son lit s'est élargi. À partir du sixième jour, toutes les maisons étaient inondées et les familles se sont installées sur les terrasses que nous avions recouvertes de palmes tressées pour nous abriter. Le village ressemblait à un archipel composé d'îlets où des rescapés se parlaient en criant et s'adressaient des signes d'une terrasse à une autre. La Maison de la poésie fut hermétiquement scellée afin qu'aucune humidité n'atteigne les livres. Le poète s'y fit enfermer pour prévenir la moindre infiltration. Durant tout ce temps, la fête ne s'arrêta pas. Car la tradition veut que la fête se poursuive tant qu'il pleut. Un jour, alors que nous chantions sur les terrasses, nous vîmes arriver, venant du jardin des sources, huit grands radeaux. C'étaient les jeunes tisserands qui avaient construit ces embarcations et entrepris de descendre l'Izir, jusqu'au désert. Les radeaux étaient remplis d'oranges cueillies sur leur passage dans l'orangeraie qui avait les pieds dans l'eau. Les jeunes envoyaient les fruits vers les terrasses où chacun les attrapait. C'était très joyeux. Ce sont ces oranges que tu vois représentées sur la grande fresque bleue du déluge. Ils naviguèrent encore six jours tant l'Izir avait creusé son lit dans le désert d'Ibrane. Jamais plus cet épisode incroyable ne s'est reproduit, mais il existe toujours, là où leur périple s'est achevé, en plein désert, huit radeaux qui attendent la prochaine grande crue pour qu'une nouvelle génération de navigateurs poursuive cette aventure.

— J'aime cette histoire, mais j'imagine qu'il a été difficile pour les habitants de remettre leur maison en état.

— Tu sais, Paul, chacun avait monté ses couvertures, son tapis et son coffre sur la terrasse. Dès que la pluie cessa, le vent chaud du désert a rapidement séché la terre des maisons même s'il a fallu refaire quelques torchis. Par contre, dans les cultures, il a fallu creuser à nouveau tous les canaux d'irrigation. Nous avons aussi retrouvé certains plants de légumes, emportés par les flots, qu'il a fallu replanter. Mais jamais nous n'avons eu aussi belle récolte de dattes et de fruits que cette année-là.

— Les jeunes ne rêvent pas de quitter Zagarand pour aller voir ailleurs ?

Je crois voir le regard de Tikniouine se troubler avant de me répondre en secouant la tête comme pour se ressaisir.

— Bien sûr ! Tous les jeunes en rêvent. N'est-ce pas le propre des jeunes du monde entier que de vouloir aller au-delà des frontières connues de leurs pères ?

— Si… ma sœur en est un bel exemple.

— Quand les jeunes viennent ici pour suivre leur dernier apprentissage avant de rentrer dans la vie d'adulte, nous évoquons beaucoup ce désir. Nous commençons par leur rappeler que personne n'est prisonnier de Zagarand. Cela rassure bon nombre d'entre eux qui savent que, s'ils le veulent, ils pourraient partir. Puis nous leur demandons s'il existe d'autres moyens de voyager et tous nous parlent alors des livres de la bibliothèque. Ils évoquent légalement les arts, la musique, et le tissage bien entendu. Autant de véhicules qui leur permettent de découvrir des terres inconnues accessibles à tout moment dans leur imaginaire et leurs rêves.

— Raison également pour laquelle vous ne réveillez jamais quelqu'un qui dort.

— Exactement. Il reste néanmoins toujours quelques rares jeunes que l'envie d'ailleurs taraude. Ce sont eux qui deviendront les cavaliers qui parcourront le monde comme messagers des consciences. Les cavaliers ne ramènent pas que des livres, des semences et des thés. Ils reviennent aussi avec des récits de leurs voyages. À leurs retours durant tout le temps que dure une lune, de son premier quartier à la nuit la plus noire, ils raconteront à chaque veillée les pays traversés, les visages croisés, leurs émerveillements et leurs dégoûts aussi. Ces récits sont souvent interrompus par les jeunes qui les interrogent pour en savoir plus et mieux comprendre cet au-delà des frontières. Ce sont de très belles soirées qui se terminent tard dans la nuit. Je n'ai jamais connu un seul cavalier de retour de son voyage qui ne confirme que les frontières les plus infranchissables sont celles que nous portons en nous.

Je reste sur les mots de Tikniouine alors que peu à peu le silence s'installe dans le camp. Au loin, je vois de nouveau briller des feux. Ces flammes dans la nuit me rassurent. Je me souviens de ces gardiens du feu qui, dans les steppes mongoles, entretenaient la flamme toute la nuit pour que les loups ne s'approchent pas des troupeaux. Gardien du feu…

Au début du deuxième jour, je retourne au bord de l'Izir pour me baigner alors que tous dorment encore. Sixianne ne tarde pas à me rejoindre dans la rivière. Sans doute prend-elle goût à ce moment.

Je parle à cette jument sans réserve. Je lui raconte ce rêve étrange qui a habité ma nuit : je m'approchais d'elle dans une prairie bleue et à chaque pas que je faisais vers elle, elle me semblait plus lointaine sans pour autant jamais se déplacer. Le bleu de la prairie était le même que celui de la pluie du déluge de la tapisserie.

Je lui dis mes craintes de ne pas être à la hauteur de sa confiance. Je lui demande pardon pour ma réserve, pour ces liens qui entravent encore mes élans.

Et la jument m'écoute. Je vois dans ses yeux qu'elle comprend même un indicible que je ne sais encore formuler. Un état d'âme.

Peu après, nous rejoignons Sahini qui enseigne aux jeunes cavaliers comment inviter un cheval à se coucher pour permettre à une personne qui ne peut se lever de monter sur son dos. Les gestes du maître cavalier ne sont faits que de caresses et de mots. Souvent ses paroles s'accompagnent d'un souffle intentionnel, comme s'il chassait de la poussière posée dans le creux de sa main.

Alors que les jeunes s'exercent à réussir ce que Sahini leur demande, je l'interroge sur la vertu de ce geste.

— À Zagarand, nous sommes quelques-uns à être d'origine arabe musulmane. Le cheval occupe une grande place dans nos textes fondateurs. C'est un cheval ailé avec une tête de femme et la queue d'un paon qu'a chevauché Mahomet, guidé dans la nuit par l'ange Gabriel, lorsqu'il a quitté La Mecque pour rejoindre al-Aqsa, la grande mosquée de Jérusalem. Une légende dit aussi qu'Allah a créé le cheval à partir d'une poignée de vent du désert. Mon père m'a transmis cette tradition. J'accompagne chaque mot que j'adresse au cheval d'un souffle qui vient du fond des âges. Je ne suis qu'un passeur. Je crois qu'à chacun de nous est confié un peu du souffle du monde. Que chaque être qui disparaît transmet à sa descendance le soin de faire vivre encore ce souffle. La flamme est le revers du souffle. À la flamme le soin d'éclairer la nuit, au souffle celui d'accompagner les mouvements du jour. L'un et l'autre sont indispensables. L'un et l'autre ont été confiés à l'homme tel à un gardien. Il ne possède ni la flamme, ni le souffle, il n'en est que le dépositaire temporaire.

Un son lourd et grave retentit et interrompt notre conversation. Je reconnais celui de la trompe de bois dans laquelle avait soufflé Maalik.

— Tu veux aller ouvrir les portes, Paul ?

— Mais tu ne sais pas qui c'est…

— Peu importe, toute personne qui a appris à faire résonner la kobra est un ami. Et puis je sais qui c'est… La lune sera rousse ce soir, c'est le moment où les ocres se révèlent et où la femme médecine vient recueillir des terres.

Ainsi, c'est moi qui vais aller ouvrir à Amiane la porte du jardin des sources.

Je suis touché par cette confiance et troublé à l'idée de la revoir ici, un peu comme si je me sentais plus vulnérable.

Je lance Sixianne au galop et, le temps de sa course, je sens l'énergie du cheval traverser mon corps.

Je retire la longue barre de bois qui libère les deux vantaux du portail.

Relevant la tête, je vois Amiane me regarder avec surprise, et me sourire.

Je crois que je suis fier. Que dirait Maalik de la fierté ? Est-ce un noble sentiment ? Quelles sont les limites entre l'orgueil, la vanité et la fierté ?

Amiane semble absorbée dans ses pensées et m'interpelle soudain :

— Mais tu montes Sixianne ! C'est incroyable comme je n'ai pas reconnu ce cheval que j'ai passé des heures à approcher pour tenter de soigner ses plaies qui jamais ne cicatrisaient comme si, à dessein, cette jument cherchait à se blesser continuellement. Une seule fois, par une nuit noire, alors qu'elle dormait, j'ai réussi à nouer à sa crinière une hématite, la pierre de sang qui aide à la coagulation.

— J'ai trouvé cette pierre nouée dans sa crinière et je l'y ai laissée sans savoir qu'elle venait de toi.

Je monte sur la jument et tends la main à Amiane qui se place devant moi, en amazone. Alors que nous rejoignions au pas lent de Sixianne les sources de l'Izir, je lui raconte ce qui s'est passé depuis mon arrivée. Je lui dis mon émerveillement pour le travail des tisserands et ce que j'ai appris de moi-même en me confrontant aux récits fondateurs de Zagarand.

Amiane me regarde et je sens que quelque chose a changé dans le regard qu'elle me porte. Comme si notre relation était plus équilibrée. Elle n'est plus seulement celle qui sait et me soigne mais aussi celle qui me découvre.

— Maalik m'a prévenu qu'il t'avait proposé de rester ici. Cela tombe bien, c'est le meilleur moment pour récolter les ocres et extraire les pigments. Je vais t'apprendre…

Nous rejoignons les galeries souterraines où se trouvent les cueilleurs d'ocres. Je remarque que chacun d'eux voue un grand respect à Amiane.

Certains lui tendent de petites fioles en verre contenant différentes poudres qu'elle conserve en félicitant l'artisan pour la délicatesse de son travail.

La galerie des ocres est traversée par un canal qui provient du lac et conduit l'eau dans de petits bassins qui peuvent être maintenus à sec ou se remplir.

Amiane dispose d'un endroit qui lui est réservé.

Elle me raconte…

— Il y a cent dix millions d'années, des sables et des grès se déposèrent sur les rivages peu profonds des mers dans une large région ibérique jusqu'aux limites les plus reculées du Sahara. Des débris de coquillages se mêlèrent aux micas et aux quartz qui composent ce sable. Tout cela engendra une argile très riche en fer, exclusivement d'origine marine, la glauconie. Par le mouvement des plaques tectoniques, ces terres se trouvèrent exondées et cette argile connut, sous l'effet de l'oxydation de fer, une évolution qui va donner naissance à une nouvelle argile dénommée kaolinite. De là proviennent les ocres dont les teintes dépendent de la part de manganèse, d'aluminium ou de silicate qui les composent. Zagarand est réputée pour la pureté de ses pigments car aucune trace d'oxyde de carbone ne vient les altérer comme dans les zones polluées. Par ailleurs, nous avons ici la seule ocre bleue issue de la présence de cobalt que l'on croyait ne trouver qu'en Mésopotamie.

J'écoute avec passion l'histoire de ces pigments, alliance de la terre, de la mer et de l'air.

Amiane se rapproche des murs et commence à en gratter la surface en recueillant une terre safran dans une large vasque en grès.

Elle s'approche ensuite de la cuvette irriguée par l'eau de l'Izir et verse la terre dans l'eau. Se produit alors instantanément un dépôt à la surface d'une couleur safran augmentée, plus vive que la terre elle-même. Amiane glisse ensuite sans troubler l'eau un drap tendu par un cadre de bois à quelques centimètres sous la surface puis remonte doucement.

Le drap faisant l'effet d'un tamis, il ressort ensoleillé de l'ocre jaune recueilli.

— Tu vois, Paul, au fond de l'eau sont restés les sables ; la poussière de l'ocre qui enveloppait chaque grain s'est détachée. Tu as là le plus bel ocre soleil du monde. « Flamme de Zagarand » est son nom. Sais-tu qu'avec toutes les teintes des ocres on peut dessiner toutes les nuances des peaux humaines ?

Amiane prend ma main, la retourne et de son doigt trempé dans l'ocre trace un cercle dans ma paume.

— Qu'est-ce que cela signifie ?

— Rien du tout… un cercle dans ta main…

L'appel à rejoindre le repas du soir interrompt ma découverte des ocres.

Nous rejoignons nos hôtes.

Je remarque la belle complicité qui unit Tikniouine à Amiane ; les deux femmes parlent avec excitation comme si elles avaient du temps à rattraper et tant à se raconter. La langue de Zagarand emprunte de nombreux accents et mots à l'arabe, mais elle a adopté des terminologies latines et d'autres à des tribus d'Afrique maliennes ou ghanéennes. Le français est la seconde langue. Elle est lue et comprise par tous, mais n'est parlée qu'avec Mathilde et moi.

Alors que le repas s'achève autour de grenades rougeoyantes qui teintent nos lèvres, Sahini me propose de rejoindre le pupitre et de raconter à mon tour l'histoire du soir. Je lui demande si je peux rompre avec le sérieux des lectures monastiques en proposant un exercice d'écoute.

Avec l'autorisation du maître des cavaliers, je me lève, rejoins l'estrade et raconte :

— Bonsoir à tous. Je vais vous énoncer une devinette. C'est très court aussi je vous demande d'être attentifs : Un lapin a vu six éléphants en allant à la rivière. Chaque éléphant a vu deux singes aller vers la rivière. Chaque singe tient dans ses mains un perroquet. Combien d'animaux vont-ils vers la rivière ?

Toute la petite assemblée éclate de rire à la fin de mon histoire. Tikniouine, Amiane et Sahini rient aux éclats également et la femme médecine me dit :

— Décidément, Paul, je vais de surprise en surprise. Comme il est bon d'entendre le jardin des sources rire ainsi.

— Alors, les jeunes, j'attends vos réponses…

Fusent des 21, des 19, des 25, des 8, des 3 et des 14. À chaque nouvelle réponse chacun rit de bon cœur. Une jeune fille m'interpelle également en me disant avec justesse qu'il n'existe aucun endroit au monde où cohabitent lapins, éléphants, singes et perroquets. Et je lui donne raison, mais lui demande d'accepter, pour un temps, que ce lieu existe.

Les adultes font aussi leurs propositions de réponses aussi variées que les enfants.

À chacun je dis que ce n'est pas la réponse attendue.

Puis un garçon au regard sombre avec des cheveux bouclés qui tombent sur ses épaules lance calmement :

— La réponse est 5.

Je le regarde et reprends la parole.

— Effectivement, la réponse est 5. Vous allez chacun pouvoir aller vous coucher en cherchant à comprendre pourquoi. Mais ce qui est le plus important dans cette histoire c'est de découvrir combien quelques mots très simples qui composent une phrase elle-même assez simple peuvent être compris de tant de manières différentes…

Alors que les jeunes rejoignent leurs nids perchés dans les falaises, Tiknioune me félicite.

— Bravo, Paul, j'aime beaucoup la morale de cette histoire. Elle deviendra un enseignement du jardin des sources quand j'aurai moi-même compris la réponse !

Nous rions de bon cœur.

Au moment de nous séparer, Sahini remarque le cercle dans ma paume et me demande :

— Qui a tracé cela dans ta main ?

Je désigne Amiane du regard.

Tikniouine plonge alors ses yeux dans ceux de son amie avec une force soutenue. Sahini me sourit en me souhaitant bonne nuit et je crois voir rougir le visage de la femme médecine, mais je ne suis pas certain que cela ne vienne pas du reflet des flammes.

Couleurs de peau

Empruntant passerelles et échelles, nous avons rejoint l'habitat troglodyte de Tikniouine.

La femme à la pierre de lune tend une torche à Amiane.

— Je vais sûrement m'endormir rapidement car je suis fatiguée, mais je sais que tu vas attendre que la lune apparaisse, alors bonne nuit, mon amie, bonne nuit, Paul !

Nos voix répondent à l'unisson : « Bonne nuit, Tikniouine ! »

Amiane se tourne alors vers moi.

— Tu as déjà vu une lune rousse ?

— Je ne crois pas, en tout cas je n'y ai pas fait attention.

— C'est que tu ne devais pas être un jardinier car sous vos latitudes cette lunaison est crainte ; des gelées tardives peuvent compromettre les petits plants précocement mis en terre.

— Alors mon père doit certainement y être attentif.

— La culture d'un jardin est comme le temps des femmes. Il a ses cycles, ses mystères, ses promesses et ses épines. À la lune rousse, les femmes de Zagarand qui peinent à porter un enfant attendent qu'elle se lève et ne vont se coucher que lorsqu'elle disparaît. Dans nos manuscrits anciens, au temps où nous étions gouvernés par un matriarcat strict, ce rendez-vous avec la lune était le seul moment où les couples s'unissaient pour donner la vie. Depuis, les hommes et les femmes ont trouvé leur équilibre et nous avons estimé que seul leur désir devait guider les couples plutôt que la couleur de la lune.

— Mais pourquoi devient-elle rousse ?

— Elle prend la couleur du cuivre car c'est le moment de l'année, peu après Pâques, où elle est la plus basse à l'horizon et où les rayons du soleil, pour l'éclairer, doivent traverser la plus longue distance dans l'atmosphère terrestre qui filtre ainsi les lumières bleues pour donner cet orangé. S'il te plaît, Paul, va chercher des couvertures et nous allons l'attendre ensemble.

Je m'applique à poser un tapis en laine blanche sur le sol de la vire qui domine la vallée de l'Izir et prends deux grandes couvertures rouges que je mets sur nos genoux. Adossés à des coussins contre la falaise, nous regardons silencieux les premières étoiles ponctuer le ciel.

Les pensées se bousculent dans mon esprit. Quel est le sens de ce cercle jaune tracé par Amiane dans ma main ? Alors que nous allons passer une première nuit ensemble, qu'ai-je envie de faire de cette nuit qui commence ? Maalik savait-il que la femme médecine me rejoindrait ? Bien sûr, il ne peut en être autrement, et il m'a proposé de rester ici également pour cette raison. D'autres que moi sont-ils en train d'écrire ma propre histoire, comme si elle m'échappait et que j'en perdais la souveraineté ?

Sur les braises qui se consument à côté de nous, Amiane a posé une petite théière bleue. Elle a ensuite versé dans l'eau bouillante le contenu d'un sachet en toile et laissé infuser les plantes.

— Tu as vu ces feux au loin, Paul ?

— Oui, chaque soir je me suis endormi en les regardant briller, ce sont ceux du jardin des roses, n'est-ce pas ?

— Oui, Nüriel et Siloué les font brûler durant les vingt et une nuits qui précèdent leur alliance. Vingt et une nuits où ils vont découvrir et lire ensemble le livre des étoiles. Vingt et un jours pour vingt et un chapitres.

— Et que dit ce livre ?

— Je ne le sais pas. C'est un secret. Ou un trésor plutôt. Un trésor secret auquel n'ont accès que les couples dont l'alliance va être célébrée. Même Maalik n'en connaît pas le contenu. Depuis les âges les plus anciens ce livre est conservé dans un coffre en ébène que garde le dernier des couples mariés. Sans doute livre-t-il de merveilleuses recettes pour rendre l'amour éternel…

Amiane éclate de rire, puis nous verse l'eau chaude d'où se dégage une forte odeur de fleur d'oranger et d'anis dans deux jolis verres soufflés.

Elle prend alors la poudre de l'ocre jaune qu'elle a tamisé devant moi et en verse une pincée dans chacun des verres.

— Tiens, Paul…

— Quelle est cette étrange tisane ?

— La tisane de la lune rousse. Je ne la bois qu'ici, durant cette nuit-là. Le thé est composé d'herbes et de fleurs issues des douze traditions qui ont fondé Zagarand. L'ocre jaune est l'héritage de la culture touarègue qui nous a été transmise. Sens-tu l'eucalyptus de Tasmanie, le safran du Tibet, les poivres d'Amazonie ?

— Oui, maintenant que tu les énumères, je les sens mais il y a tant d'autres parfums encore. Et quelle est la vertu de ce mélange ?

— La paix, Paul. La paix de ceux qui le boivent ensemble. La paix en toi. La paix en moi.

— Mais n'étions-nous pas en paix ?

— Qu'est-ce que la paix ?

— Tu me poses là une drôle de question ! Je ne sais pas, moi…

— Mais si, Paul, tu sais, dis-moi, dis-moi à quoi ressemblerait ta paix.

— Au calme, à la douceur, à un enfant endormi, à l'horizon d'un océan qui voit la lune se lever pour une nuit nouvelle, aux bras de ma mère qui me disait « mon chéri », à cette palmeraie où brille le feu des vingt et un jours qui précèdent une alliance, à

Sixianne qui me rejoint dans l'Izir, à ce cercle que tu as tracé dans ma paume…

Je vois les yeux d'Amiane briller alors qu'elle prend ma main et dessine à nouveau un cercle en suivant le sillage de l'ocre.

— Quelle place donnes-tu à ton fils dans cette histoire que tu écris ?

— Je crois qu'il est de tous les moments que je vis ici. Il ne se passe pas un matin depuis que je suis au jardin des sources où je ne me réveille pas avec son sourire.

— Peut-être a-t-il trouvé également la paix depuis que toi-même t'en approches. Peut-être peut-il arrêter d'être soucieux de toi et simplement retrouver la clarté de votre amour libéré du voile noir que ton âme abritait. Regarde, Paul ! La lune ! La lune rousse ! Fais un vœu, Paul !

Amiane prend ma main et se lève pour s'approcher de la barrière qui nous protège du vide.

Je ne sais si je regarde vraiment la lune ou si je n'entends que mon cœur battre à tout rompre. Durant de longs moments j'ai cru qu'il jaillirait de ma poitrine à l'image de l'Izir de la falaise. Y a-t-il des tambours qui résonnent plus fort que le cœur d'un homme qui aime…

Je ne sais si je regarde la lune ou plutôt ses yeux violets et ses cheveux étrangement blonds qui tombent le long de ses épaules comme la crinière de Sixianne sur son encolure.

Je ne sais plus grand-chose d'autre qu'Amiane, et les braises réveillées en moi, si loin en moi, bien au-delà d'Ibrane et de son désert, bien au-delà des jardins de ma mère…

Il est probable que là où l'on prend des poignées de vent pour faire un cheval, on jette des poignées de sable mêlées au vent pour faire un homme.

Je dépose une couverture sur les épaules d'Amiane et l'enveloppe de mes bras. Enfin, avec elle, tout contre elle, je regarde cette lune rousse qui épouse la course de l'horizon. Une lune si basse que la silhouette des hauts palmiers s'en détache en ombres orientales.

Amiane jette de l'encens sur les braises et mon esprit s'ouvre avec son parfum. Je comprends comment les sables ont fait naître des roses. Je comprends pourquoi des hommes viennent se perdre dans les déserts pour mieux se retrouver. Je comprends l'ermite de l'Assekrem et le petit prince venu apprivoiser un renard dans les dunes pour découvrir que rien n'est plus important qu'une fleur. Je comprends Majorelle qui fit naître sous ces cieux des couleurs nouvelles. Je comprends les rires de Mayssa et les mots de Teilhard de Chardin : « Un jour, quand nous aurons maîtrisé les vents, les vagues, les marées et la pesanteur, nous exploiterons l'énergie de l'amour. Alors, pour une seconde fois dans l'histoire du monde, l'homme aura découvert le feu. »

Lorsque la lune a rejoint l'extrême orient, Amiane se retourne et me regarde.

À la seule lueur des torches qui brûlent, je vois ce regard teinté du feu cuivré de la lune. Un regard aux armes déposées où il ne reste que le sel de la tendresse des larmes.

— Je ne savais pas que la paix ressemblait à cela, Paul. Je ne savais pas qu'elle aurait ton visage. Je ne savais pas que je la trouverais sans quitter ce monde terrestre. Je ne savais pas qu'il est un autre monde, mais qu'il est dans celui-ci.

Combien de temps sommes-nous restés ainsi simplement à nous regarder en silence. À nous raconter dans la nuit sombre nos pensées les plus claires. À nous avouer notre immense fragilité en reconnaissant cet amour naissant. À nous dire l'inquiétude devant l'intolérable idée de perdre un jour ce qui nous est donné.

Il est abyssal, le vertige des amoureux.

Sans un mot, dans la tresse de nos regards, nous sommes à l'unisson des hommes et des femmes qui s'aiment.

Je porte une lanterne vers le creux de la roche et pose au sol un tapis et des couvertures sur lesquels je m'assieds. Amiane s'approche de moi et, sans lâcher mon regard, défait la ceinture à ses hanches et retire sa longue tunique bleue.

Un corps nu est un autre corps. Ce corps qui s'offre à mon regard est déjà un don unique. Il crée une intimité entre une femme et un homme qui les fait entrer l'un et l'autre dans une nouvelle histoire.

Amiane, debout devant moi, m'autorise à poser le regard sur son ventre ; elle m'invite à oser des yeux qui s'attardent sur ses seins et ses hanches. Dans cet instant même il y a autant d'émotion que dans tout ce qui adviendra, car tout y est contenu ; est déjà engagée la promesse d'aimer ce corps.

Rien n'existe plus au monde que la lumière vacillante de la flamme qui offre ombres et reliefs sur la peau d'épices de la femme qui me regarde. Je voudrais être peintre des lumières pour suspendre le temps. Je vois ce corps comme je ne le verrai jamais plus, comme une première fois, un inédit.

Doucement, je me déplace vers elle. Je tends la main sans la toucher. Même les vents légers des nuits de Zagarand se sont tus pour que nos gestes seuls soient à l'origine du mouvement de l'air. Amiane, immobile, ferme les yeux alors que ma main suit en la frôlant la silhouette de sa cuisse à sa hanche. Tout mon être est posé en équilibre sur cette ligne de crête parfaite. J'approche mon visage de son ventre pour écouter vibrer cette terre inconnue dont je découvre seulement le rivage.

À genoux devant la flamme de cette femme, je pose enfin ma tête contre son ventre. Alors seulement Amiane glisse une main dans mes cheveux et l'autre sur mon front tel l'assentiment ultime à recevoir mon désir.

J'accoste sur cette rive.

Né d'un autre ventre, je sens dans cet instant la force que seules ont les femmes à porter à travers elles l'histoire de l'humanité tout entière. Mes lèvres enfin touchent le rebord de ce monde nouveau, la peau de ce tambour où je sens battre si fort la vie !

Je frôle cette peau comme si elle était la plus fragile des écorces. Amiane prend mon visage et me relève jusqu'au sien. Des larmes coulent le long de ses joues et se perdent à ses lèvres. Les miennes suivent leur chemin.

Notre premier baiser, tâtonnant, effleurant, cherchant, assoiffé, timide puis enfiévré, prend le temps à la renverse.

Amiane recule alors d'un pas et me dit :

— À toi !

À mon tour je défais le bandeau qui tient mes cheveux serrés, je desserre les liens de ma tunique et c'est désormais ma nudité qui rencontre la sienne.

Intimités à cru.

Amiane me regarde sans réserve et me tourne autour passant un long moment dans mon dos sans que je puisse voir son visage…

Elle me tend la main et nous allonge sur les couvertures.

Je lui montre ma paume ouverte et lui demande :

— Ce cercle que tu as tracé à l'ocre jaune dans ma main et qui a tant surpris Tikniouine, que signifie-t-il ?

— Une longue histoire.

— N'avons-nous pas enfin le temps ?

— À Zagarand, les femmes marquent leur désir pour un homme en effectuant un cercle dans leur main. Habituellement il se fait discrètement, du simple bout du doigt et ne laisse aucune trace, mais ainsi l'homme sait… S'il a fait des avances à une femme, le cercle sera la réponse, un consentement. Il y a quinze ans, j'ai dessiné ce cercle dans la main d'un garçon. Ce garçon était le frère aîné de Tikniouine…

— Et alors ?

— Alors nous nous sommes aimés. Harmat avait la fougue des jeunes hommes, il était fier et beau. Il avait la force de ce vent du désert dont est tiré son nom. Il voulait devenir un messager pour aller à la découverte du monde car les frontières de Zagarand étaient bien trop étroites pour lui. La veille de son départ, j'ai pris sa main à nouveau et j'ai fait un geste qui signifiait que j'effaçais mon cercle.

— Tu ne l'aimais plus ?

— Si, mais je voulais qu'il puisse partir le plus libre possible, sans attache.

— Et que s'est-il passé ?

— Harmat n'est jamais revenu. Un jour, un cavalier éthiopien est arrivé à Zagarand pour nous annoncer qu'il s'était épris d'une jeune femme de la tribu des omoros. Le cavalier nous a déposé un chandelier à douze têtes qui est celui qui brûle le soir dans la chambre de Tikniouine. De toute l'histoire de Zagrarand, c'est la seule fois où un cavalier n'est pas revenu.

— Tu as dû être très triste ?

— Oui et non. Je me suis longtemps demandé s'il serait revenu si je n'avais pas effacé ce cercle dans sa main. Nous en avons longuement parlé avec Sabah et Tikniouine qui, elle, était bien plus affectée que moi et qui m'en voulait de ce geste. Un soir, je suis venue la trouver et je lui ai demandé si je pouvais devenir sa sœur. Elle m'a pris dans ses bras, a tracé un grand cercle dans le sable au bord de l'Izir et m'a mis dedans avec elle. Elle ne pouvait me faire plus beau cadeau.

En écoutant cette histoire je me rappelle la conversation avec Tikniouine et le sentiment que j'avais lu sur son visage quand nous avions évoqué le désir de partir des jeunes.

— Quand Tikniouine a vu ce cercle dans ta main, elle a compris que tu avais remplacé son frère dans mon cœur. Et je crois qu'elle doit en être heureuse.

À la flamme de la bougie, nous nous sommes aimés.

Nous nous sommes aimés comme si nous n'avions jamais aimé auparavant, ou il y a si longtemps que nos corps semblaient apprendre à nouveau. Nous nous sommes aimés avec la force des sources de l'Izir et de l'amour des habitants de Zagarand pour la rivière qui féconde cette vallée. Nous nous sommes aimés comme si nous avions en nous la lumière de la labradorite qui éclaire les destinées. Nous nous sommes aimés accrochés l'un à l'autre comme si rien jamais ne devait séparer les amants du nouveau monde. Nous nous sommes aimés célébrant les mythes et légendes qui fondent les douze tribus. Nous nous sommes aimés jusqu'à ce que l'aube donne à nouveau au corps d'Amiane la couleur dorée de la lune rousse.

L'alliance

Durant les trois jours qui nous séparaient des festivités de l'orangeraie, nous avons alterné la récolte des ocres, les chevauchées sur le dos de Sixianne et de longs moments à explorer cet univers qui naît dès que s'unissent nos bras.

Dans la galerie des ocres, j'ai observé Amiane renouveler cent fois le geste du premier jour pour remplir les flacons en verre soufflé. Un dégradé d'ocres qui se retrouvait sur ses mains et dont l'air soulevait la poudre qui se déposait dans nos cheveux. Quand nous nous embrassions nos doigts et nos joues se poudraient à l'image des visages des comédiens italiens et nous en riions de bon cœur. J'aimais regarder Amiane tamiser les sables et poser son regard à la surface, quand l'alchimie de la rencontre de la terre et de l'eau produit son effet. Ses yeux prenaient alors le reflet des ocres et j'aimais à penser qu'ils révélaient toutes les nuances du feu de nos désirs amoureux.

Amiane passa un long moment avec les tisserands à partager la recherche d'une teinte qui puisse rendre au mieux les lichens sur les troncs des vieux arbres. Il fallait trouver un gris légèrement vert qui traduise les éclats argentés du revers d'une feuille d'olivier.

L'atelier des teintes est une merveille pour les yeux. Bien alignés sur des dizaines d'étagères, des flacons de verre contiennent les pigments végétaux et minéraux. Sur chacun, une étiquette indique la date de réalisation du pigment, la source utilisée et la signature de celui qui l'a composé. Ainsi des verts extraits d'algues australiennes côtoient ceux issus d'un broyat de menthe ou d'une infusion de plumes de perroquets.

Sur des foyers allumés ou dans des bassines couvertes d'un linge, les fils des tisserands adoptent leurs teintes avant d'être séchés, pendus à de grandes tiges en bambou, puis rassemblés en pelotes de fil qui sont entreposées dans de larges paniers.

J'ai pris goût aux balades à cheval où Amiane, appuyée contre moi, me fait découvrir de petites vallées où coulent ruisseaux et torrents affluents de l'Izir.

Le lit de certains est bordé de lauriers-roses foisonnants, d'autres sont habités de grenadiers dont nous fendons les fruits pour croquer à pleines dents dans la rougeur sanguine de la pulpe.

Mais le lieu que j'ai le plus aimé est cette petite oasis miniature ressemblant au crayonné naïf d'un enfant où un bosquet de palmiers entoure un tout petit lac. Rencontre de la terre et de l'eau, de l'ombre des arbres et des roseaux, des oiseaux qui vont et viennent des branches aux rivages, irisant l'eau du bout de leurs ailes et traçant d'éphémères signes dans le ciel. Nous nous sommes baignés nus dans ce lac, et, si jamais il manquait à l'Éden une représentation, j'aurais aimé alors savoir la dessiner.

J'ai versé l'eau sur le front d'Amiane, allongée dans l'eau, émergée jusqu'à la poitrine, la tête sur mes genoux.

Dans ce moment, je me suis rappelé mon vœu silencieux de la lune rousse : que jamais ne se blesse à mes gestes ou à mes mots cette femme que j'aime.

Dans ce moment j'ai béni le fil d'une vie de nouveau tendue entre mon père et mon fils. Un fil que je croyais rompu et où je marche enfin libre. Dans ce moment, j'ai franchi la frontière qui me séparait de mon âme.

Des nuits passées à s'aimer, nous avons fait trembler nos corps et sans doute un peu la terre. Souvent je ne savais plus si c'était du ciel ou de nos peaux frottées l'une à l'autre que naissaient les étoiles. J'ai laissé sur chaque veine de la peau d'Amiane un peu du sel de mes lèvres. Épuisant le murmure des mots, j'ai livré des soupirs qui troublaient l'ambre sombre de sa peau. Plus belles que la cursive romaine, l'humanistique ou la caroline primitive, j'ai inventé les lettres d'un alphabet poétique sensuel qui n'était que pour elle. J'ai découvert que de nos corps rassemblés s'élevait une verticale qui rejoignait le ciel.

Notre vie tient dans cette verticale, les pieds au sol et le ciel au bout de nos bras. Ne croyons pas que le ciel commence plus haut. Nous le frôlons de nos doigts sans cesse.

Est venu le temps de nous mettre en marche vers le champ des orangers pour célébrer l'alliance entre Nüriel et Siloué.

C'est toute une caravane, certains à cheval et d'autres à pied, qui se met en route. Des paniers pendent aux flancs des chevaux ; ils sont remplis de pains aux épices, de pâtisseries et de tous les fruits confits qui donneront à la fête le goût du sucre. Les crinières sont tressées avec de grosses perles d'ambre que les rayons du soleil traversent comme du miel. La croupe des chevaux noirs porte des arabesques tracées à l'ocre flamme de Zagarand quand celle des chevaux blancs est ornée de dessins à l'ocre bleu. Les sabots ont été lustrés à l'huile d'argan, et à chaque pas la lumière en renvoie l'éclat.

Tous les jeunes sont habillés de tuniques bleues et blanches fraîchement lavées et séchées au soleil. Aux cheveux des filles, Tikniouine a noué des couronnes des fleurs de la prairie. À la ceinture des garçons pendent des grelots qui scandent la marche de la caravane.

Sahini et Tikniouine mènent le cortège. Sur les deux flancs du cheval du maître cavalier deux timbales frappées en alternance résonnent dans la vallée. Des oriflammes de toutes les teintes de l'ocre sont tenues à bout de bras par les jeunes marcheurs. Sixianne ferme le convoi et nous transporte Amiane et moi.

Alors que nous avançons, j'imagine la lenteur des caravanes qui traversaient l'Orient, transportant pierres rares, encens et épices, accompagnées du cortège des rires des enfants et du chant des femmes. J'ai le sentiment d'avoir traversé les pages d'un livre de légendes. Je suis si loin de l'Occident qui m'a vu naître et grandir. Mon esprit rejoint mon père à qui je vais écrire pour lui dire combien je l'aime avant de lui révéler aussi combien j'aime. Je pense à ma sœur, précieuse sœur… Que serais-je sans toi, sans toi partie en reconnaissance vers cette terre d'au-delà les déserts, sans ton audace et ta volonté de redécouvrir le feu, sans ta générosité à le partager à ton tour.

Je ne suis que gratitude pour la joie des jours passés, la joie des jours à venir. Je sens combien là où se tient cette joie, se tient également ma justesse.

À l'entrée de l'orangeraie, les timbales cessent et seuls les grelots des garçons accompagnent nos pas. L'odeur des orangers exhale avec la venue du soir qui fait respirer la terre. Partout des tentes blanches sont dressées et je retrouve les visages familiers de Zagarand. Tous sont là.

Je suis pris d'une sensation de vertige. La parenthèse du jardin des sources s'achève. Me voici visible aux yeux de tous, Amiane montant en amazone Sixiane, le cheval sauvage d'Ismaël, ses cheveux blonds contre mon visage. Qui suis-je pour oser aimer la femme médecine, celle qui détient les thés et les ocres, les pierres de l'Apocalypse et les médecines anciennes.

Amiane a dû sentir mon trouble. Elle prend ma main et la pose sur sa poitrine :

— Nos cœurs battent désormais ensemble, Paul.

Une silhouette court vers nous en criant. Je reconnais la jeune Mayssa.

— Paul, comme je suis heureuse de te revoir ! Il paraît que vous êtes amoureux ! Je peux monter moi aussi sur le cheval ?

Je tends la main à la jeune fille et me voilà avec deux cavalières.

Les mots de Mayssa me libèrent.

— Comment sais-tu que nous sommes amoureux ?

— Tu sais, Paul, je crois que vous étiez les derniers à ne pas le reconnaître... Et puis le cercle d'ocre ! Dès le lendemain de ce signe dans ta main, tout le village le racontait. Mais les premières nouvelles que nous avons eues de toi, c'est par Maalik. Il nous a dit comment Sixianne s'était laissé caresser et comment ce cheval s'était réconcilié avec les hommes, grâce à toi !

Mayssa parle vite avec l'enthousiasme et l'excitation de son âge.

Nous descendons enfin du dos de la jument qui ne s'attendait certainement pas à se retrouver en quelques jours la monture de trois cavaliers.

— Paul, je vais devoir te laisser quelques instants car je dois rejoindre Sabah pour préparer la cérémonie de ce soir. Tu verras, les bords de l'Izir un soir d'alliance dans les champs d'orangers, c'est un des plus beaux moments qui soit.

— Certainement pas tant que trois nuits et trois jours avec toi au jardin des sources.

Nous nous séparons sur un baiser qui agrandit un peu plus le sourire de Mayssa.

— Te voilà redevenue ma guide. Raconte-moi tout.

Je retrouve sa petite main dans la mienne comme lors de mes premiers jours à Zagarand :

— Chacun dépose sur les grandes nattes tout ce qu'il a apporté. Tu vois, dans les jarres qui sont ici, il y a les lentilles et les pois chiches au cumin. Sur les grands plateaux en cuivre sont disposées en spirales les mejhouls, ce sont les dattes des meilleurs palmiers qui ont été cueillies aux aurores. Et dans les grands paniers plats sont posées les pâtisseries. Enfin, les légumes marinés dans l'huile d'olive qui vont griller sur les braises attendent dans les plats en terre que tu vois ici.

— Bonjour, mon frère !

Je n'ai pas vu Mathilde arriver à ma hauteur, suivie de près par Kantara.

Tous deux me sourient et je vois dans le regard de ma sœur une complicité qui me touche.

— Je voudrais te dire combien je suis heureuse pour toi, Paul. On m'a raconté ce qui s'est passé. Bien sûr j'espérais tout cela, je le mettais dans mon esprit et priais que la vie te reprenne dans ses bras.

— Très jolis bras par ailleurs !

— Kantara ! Ne dis pas de bêtises.

Je souris à Kantara en inclinant la tête.

— Merci, Mathilde. Je crois que la reconnaissance est la première des choses que je te dois ainsi qu'à tous ceux qui m'ont accueilli. Oui, vous m'avez permis de rechoisir ma vie. Il y a tant de moi que je ne connaissais pas et qui s'est dévoilé en même temps que j'entendais les questions que chacun me renvoyait. Questions subtiles, parfois même non formulées. Invitations à regarder autrement, à écouter d'une autre oreille. Et puis vous avez ici une ambition pour l'humanité, une certitude de la grandeur de l'homme, une foi dans sa capacité à s'élever, une spiritualité associée à l'envie que la liberté de chacun soit toujours préservée, et un sens de la beauté qui interdit, même au plus misérable des hommes, de rester le regard tourné vers le sol.

Tout d'un coup, les timbales de Sahini retentissent.

— Venez, c'est maintenant !

Mayssa me tire par la main et nous rejoignons le bord de l'Izir.

— Tu dois traverser le pont, Paul. Avec tous les garçons. Nous, nous allons rester sur cette rive.

Je suis Kantara et enjambe l'Izir.

De l'autre côté je retrouve Maalik, Elias et Yelihi. Nous regardons la rive d'en face où se trouve la femme que j'aime et qui me sourit. À la droite de Maalik, Siloué dans une tunique noire en soie serrée à la taille par un ruban doré.

À la gauche de Sabah, Nüriel, avec la même tunique noire et sa ceinture dorée. J'entends le battement des timbales ralentir alors que la nuit commence à tomber. Sur les rambardes de la passerelle qui enjambe l'Izir sont posés des lampions d'oranges évidées où l'on a déposé une bougie.

D'un seul coup, les tambours cessent et, de l'autre côté de la rive, les femmes, de la plus jeune à la plus ancienne, entament un chant monosyllabique, extrêmement lentement, extrêmement doucement.

— Ommmmmmommmmmmommmmmmmommmm mmmm…

Sans discontinuer, comme si jamais elles ne reprenaient leur souffle, leurs voix envahissent l'espace. Nüriel se détache du groupe des femmes et rejoint le bas de la passerelle.

Alors les hommes entonnent à leur tour le même « ommmmm » bien plus grave et pénétrant. Je chante avec eux, lèvres closes, allant chercher dans ma poitrine cette vibration qui prend son envol.

Et Siloué, à son tour, rejoint le bas de la passerelle.

Montant d'un ton, les femmes répondent aux hommes alors que Nüriel commence à traverser le pont.

La réponse des hommes vient à son tour, plus appuyée, accompagnant la progression de Siloué.

Maintenant, chacune des deux rives scande la progression des futurs alliés en allant chercher encore plus loin le souffle. Regardant vers l'autre rive, le corps incliné vers l'avant, les « ommmmm » se font face, s'affrontent, se mêlent petit à petit jusqu'à ce que Siloué et Nüriel se retrouvent face à face au milieu de la passerelle. À ce moment précis les voix masculines et féminines ne sont plus alternées, mais confondues dans une unité parfaite.

Écartant leurs bras et embrassant du regard les deux rives, l'homme et la femme invitent au silence.

Sabah et Amiane rejoignent alors le couple. Amiane tient dans sa main un bol.

Sabah trempe dans le bol un morceau de bambou et trace un cercle argenté sur le front de Siloué. Elle renouvelle son geste pour tracer ensuite une croix sur celui de Nüriel. Amiane verse le reste du contenu du bol dans l'eau. À son contact, la surface de la rivière prend feu et les rives de l'Izir s'éclairent tandis que de grands cris de joie s'élèvent de part et d'autre.

Porté par le chant, puis fasciné par la rivière en feu, je me tourne vers Elias qui me regarde en souriant.

— Qu'est-ce que c'est beau, Elias ! Quelle merveille ! Mais il faut que tu m'expliques le sens de tous ces gestes.

— Pour les Hindous, le Om est la vibration qui créa le monde. Le Om est aussi cette force vitale qui existe au fond de nous et que nous libérons en la chantant, de plus en plus fort, montant d'un ton chaque marche vers le ciel. Unis, les Om des femmes et des hommes témoignent de l'alliance de ces forces vitales qui sont les piliers de nos vies. Le cercle que Sabah a fait sur le front de Siloué représente les halaquates de l'islam, ces lieux d'échange autour des textes saints qui créent la fraternité humaine. Il symbolise aussi les bras des amoureux entourés chacun autour de l'autre. Le cercle n'est pas fermé car l'amour n'est pas une prison, même dorée. La croix nous vient des chrétiens. Elle dit la rencontre de l'horizontalité du monde terrestre dans lequel nous vivons avec la verticalité qui nous relie au ciel et sans laquelle l'homme ne peut tenir debout. Ce sont Siloué et Nüriel qui ont choisi ces symboles dans l'alphabet des signes qui est à la Maison de la poésie. Leurs choix sont liés à leurs ancêtres ou aux messages qu'ils veulent promouvoir. Certainement, quand Kantara scellera son alliance avec ta sœur, il choisira un signe Mahori.

— Merveilleux ! Et le feu dans l'eau, c'est magique !

— C'est très beau, Paul, mais ce n'est pas vraiment de la magie, c'est du sodium. Au contact de l'eau, il s'enflamme et libère de l'hydrogène. Pour nous, cela signifie que la rencontre de l'homme et de la femme est comme celle de la terre et de l'eau. Le sodium de la terre et l'eau de l'Izir créent cette flamme et nous souhaitons à Nüriel et Siloué que, toute leur vie, leur union brille pour le monde.

— Magnifique…

— Paul, je suis content de te revoir. J'ai continué d'écrire et j'ai hâte que tu me lises.

— Je suis content aussi de te retrouver, Elias. Promis, nous allons vite nous revoir autour de tes mots.

Assis sur les nattes éclairées par les torches, le repas a commencé. J'ai trouvé Amiane au bord de la rivière et l'ai prise dans mes bras veillant à garder le cercle ouvert dans son dos.

À Zagarand, la vie se chante autant qu'elle se parle. Elle m'a traduit les mots joyeux des chants que je ne comprenais pas.

Nous avons dansé aussi. Les danses de Zagarand ressemblent à des farandoles. De temps en temps l'un ou l'autre, parfois un couple, est mis au centre et danse quelques instants seul. Quand Mayssa nous a poussés dans le cercle, Amiane et moi, j'ai tourné autour d'elle, me suis mis à genoux, elle m'a relevé, puis je l'ai prise dans les bras en la faisant tourner de plus en plus vite.

— Moi aussi, Paul, moi aussi, me criait Mayssa, je veux tourner aussi !

Mayssa tourna et tourna encore…

Tard dans la nuit, au son des ouds, des flûtes et des violons orientaux je me suis allongé sur la natte, la tête posée sur les genoux de celle que j'aime, et me suis endormi. Je me souviendrai toujours du goût des dattes, des amandes et du miel de cette soirée dans un champ d'orangers. Saveurs du bonheur…

Mon feu

Cela fait maintenant plusieurs jours que je suis revenu au village.

J'ai retrouvé mon jardin avec plaisir et renoué avec mes habitudes : les heures passées à cultiver la terre, le travail du bois avec Yehili et les cours d'écriture que je dispense à la Maison des écrivains.

Et pourtant, tout a changé, comme si l'étoffe de ma vie était désormais plus épaisse, tissée à quatre mains. Des sources de l'Izir je suis revenu avec la volonté de prendre part à ce nouveau récit mais je cherche un peu ma place. Il ne passe pas un instant sans que je désire voir les yeux d'Amiane, toucher sa peau, entendre sa voix. Ce manque traduit un besoin que je mets du temps à reconnaître comme tel.

Dix jours après notre retour, je me décide à en parler avec elle :

— Est-ce que je te manque aussi lorsque nous ne sommes pas ensemble ?

— Non, Paul, car il n'y a pas un moment où nous ne sommes pas ensemble.

— Moi, j'ai besoin de te sentir, de te toucher…

— Moi, même quand nous ne sommes pas physiquement côte à côte, je garde l'odeur de ta peau qui m'accompagne et je te porte en moi. As-tu peur, Paul ?

— Peur de quoi ?

— Peur que je disparaisse…

— Non, mais non… Enfin, si, peut-être. En réalité oui, si j'y pense, je crois que j'ai un peu peur. Tout cela est si puissant, si beau, si inattendu. Comment ferais-je si ça n'existait plus ! Je me sens à la fois fort et fragile car la joie qui m'éclaire dépend de toi.

— C'est cette tension que tu dois apaiser. Sans doute pourrais-tu te faire confiance, nous faire confiance. Car si tout cela est si beau, comment se pourrait-il que cela s'éteigne ? La joie ne dépend pas de moi, mais de nous. Tu as toute ta part dans son épanouissement. Mais si cela peut te rassurer, moi aussi, depuis que nous nous aimons, je me sens plus sensible. Mais pour rien au monde je ne renoncerais à cette sensibilité qui m'a ouverte. Moi aussi, en t'aimant, j'ai renoncé à la protection que me donnait la force de ma vie en solitaire, mais j'ai trouvé une autre puissance, celle de l'amour. Une force qui ne se défend de rien, qui ne fait appel qu'à une seule audace : donner. Donner sans réserve ni calcul. Simplement donner.

Tour à tour, sans vraiment établir de règle, nous dormons chez elle ou chez moi. Nous sommes toujours ensemble au grand repas du soir et pour le

petit-déjeuner avec les habitants des jardins voisins. Parfois je l'accompagne pour les cueillettes. Je sais désormais nommer toutes les plantes. J'aime ces moments qui sont l'occasion de siestes, allongés dans les herbes hautes après un repas frugal. Les fleurs sont les alliées discrètes de nos caresses.

J'ai ainsi appris à aimer Amiane, ou plutôt à nous aimer. À la laisser aller seule certains moments où elle quitte le village sans que j'en sois inquiet. J'ai appris avec elle combien l'amour gagne à ne jamais considérer l'autre comme une propriété dont on aurait les clés.

Chaque jour, je rejoins Sixianne là où les chevaux du village paissent librement.

Plusieurs fois nous sommes partis en descendant l'izir jusqu'à ce jour où je me retrouve face au grand portail qui marque l'entrée de Zagarand, à la porte nord, vers le désert d'Ibrane.

J'ouvre ses vantaux et nous nous engageons au-delà. Nous chevauchons sur ce chemin que je n'ai emprunté qu'une seule fois, dans l'autre sens.

Je vois l'izir divaguer, se répandre, se perdre, et les cultures disparaître. Je reconnais les tamaris et les palmiers épars jusqu'à atteindre la terre brune où l'eau n'est plus que trace. Devant moi, le désert…

Un sentiment confus m'envahit. Cela fait si longtemps, et pourtant… À peine moins d'une année. Je suis pris de tendresse pour cet homme dont je me souviens et qui a mué en vivant ici.

Au bord de ce désert, je décide de passer la nuit.

J'allume un feu qui se verra des murailles de Zagarand et qui dira à ceux que j'aime que je vais bien. Ce feu qui brille est la signature nocturne de ma liberté. Un message que j'adresse à Amiane pour lui dire que je crois que j'ai compris ses mots. Je suis l'homme libre qui l'aime.

Je repense à l'autre rive du désert. Au marché où j'ai bu mon premier thé brûlant de menthe et de sucre. Je me rappelle la femme triste et ce chant qui portait sa mélancolie, *dalinnn dalinn*... Comment va-t-elle la femme ? A-t-elle aussi trouvé la paix ? Je me souviens de mon père et de la tendresse de ses yeux. Tout cela est là-bas, loin sur l'autre rive.

Bientôt s'arrêtera l'avion de l'aéropostale qui dessert annuellement Zagarand. Je vais écrire à mon père car lui ne voit pas le feu allumé. Je vais lui envoyer ce texte de Khalil Gibran qu'Amiane m'a donné un jour où je doutais de moi :

« On dit qu'avant d'entrer dans la mer, une rivière tremble de peur. Elle regarde en arrière le chemin qu'elle a parcouru, depuis les sommets, les montagnes, la longue route sinueuse qui traverse des forêts et des villages, et voit devant elle un océan si vaste qu'y pénétrer ne paraît rien d'autre que devoir disparaître à jamais. Mais il n'y a pas d'autre moyen. La rivière ne peut pas revenir en arrière. Personne ne peut revenir en arrière. Revenir en arrière est impossible dans l'existence. La rivière a besoin de prendre le risque et d'entrer dans l'océan. Ce n'est qu'en entrant dans l'océan que la peur disparaîtra, parce que c'est alors seulement que la rivière saura qu'il ne s'agit pas de disparaître dans l'océan, mais de devenir océan. »

Je n'ai plus peur… Je n'attends pas seulement que vienne d'ailleurs ce que je dois devenir. Je suis celui que j'attendais. La vie m'a été donnée et je la donne à nouveau. Je la redonne à la vie. Je ne la garde plus captive de ma tristesse. Je la marche avec mon fils, je la danse avec Amiane, je la célèbre avec Mathilde, je la partage avec tous ceux de Zagarand.

Je deviens océan.

L’aviateur

Mes très chers enfants,

Je vous écris de la terrasse du midi à l’heure où la Sainte-Victoire abandonne ses nuances du blanc au gris pour adopter des pourpres.

Vous souvenez-vous des mots de votre mère alors que je voulais lui offrir une pierre précieuse pour fêter nos noces d’or : « Mais, mon chéri, tu n’en trouveras aucune aussi belle que cette montagne que tu m’offres chaque jour. »

Elle pouvait rester ainsi immobile à contempler le calcaire de ce massif et les champs d’oliviers qui faisaient de l’œil au ciel, disait-elle.

Je bois ce vin d’orange que tu avais fait et dont il reste encore quelques bouteilles, Mathilde. J’ai posé sur ma tête ce chapeau de paille que tu m’avais offert il y a si longtemps, mon cher Paul. Avec l’âge, même les soleils du soir m’éblouissent.

Dans la serre sont encore rangés les transats et les géraniums que je n’ai pas osé sortir. Je respecte toujours les consignes de la jardinière qui habita cette maison et qui dispose toujours de mon cœur. Quand les saints de glace seront passés, le jardin retrouvera ses attributs pour l'été.

Cela ne vous surprendra pas si je vous écris qu'il ne passe pas une journée sans que je pense à vous. Depuis le départ de Paul, j'ai repris ce petit carnet où j'écris quelques pensées. Elles vous attendent.

J'égraine les jours et le temps de mon écriture hiéroglyphique qui vous fait rire. Mais là je m'applique à vous écrire cette lettre.

Ces mots vous trouveront ensemble et je m'en réjouis profondément même s'il est difficile pour un père d'être contraint à ce seul trajet annuel de l'aéropostale pour communiquer avec ses enfants. Cela me rappelle les lettres qu'envoyaient les militaires à leur famille sans savoir s'ils ne seraient pas morts quand elles seraient lues…

Mais je n'en suis pas encore là, je vous rassure. Même si on ne choisit ni la date ni le lieu, le bon docteur Étienne me dit que je suis en grande forme pour un octogénaire.

Je voudrais que vous sachiez ma joie de vous savoir réunis. La fraternité dans son sens le plus noble n'est pas seulement une histoire de généalogie. Frère et sœur peut se limiter à des prénoms côte à côte dans un livret de famille ou devenir une des plus belles histoires qui soit. Vous êtes nés de notre amour, mais être mis au monde par la même mère ne crée pas toujours un lien indéfectible. Bien au contraire, une telle situation offre toutes les conditions pour que jalousie et compétition s'aiguisent avec le temps.

Quand la fraternité devient choisie et nourrie, s'ouvre alors cette porte que vous avez franchie et qui a les couleurs chaudes des terres du sud.

Il commence à faire frais et je vais rentrer.

Demain, je me rendrai à la poste pour envoyer cette lettre pour Zagarand. Savez-vous que le fonctionnaire du guichet m'a certifié avec aplomb que ce pays n'existait pas ? Il a fallu que je lui réponde avec autant d'assurance que mes enfants y vivaient pour qu'il accepte de consulter son registre. « Zagarand, Zambie, Zimbabwe », m'a-t-il dit… « Quels drôles de noms ! » Avant de me donner les timbres adaptés.

Oui, j'ai de drôles d'enfants qui vivent dans un pays qui a un drôle de nom.

Mais ils vivent ! Et de cela je suis le plus comblé des pères.

Vivez mes enfants que j'aime.

Avec toute l'assurance de ma tendresse.

Papa

Comme me l'avait indiqué Elias, l'avion de l'aéropostale est arrivé de l'orient. Ombre chinoise se découpant sur un soleil rougeoyant à s'en brûler les yeux.

Le « jour de l'avion », tous les enfants se lèvent aux premières lueurs de l'aube et se précipitent vers la piste d'atterrissage qui, le restant de l'année, est un terrain de football. Je suis allé avec les enfants assister à ce moment.

Le petit bimoteur à hélices se pose en douceur.

Durant toute son approche, les enfants respectent un silence total comme s'il fallait accompagner la gravité de l'instant, ou sa magie. Puis, au moment même où les roues se posent, les applaudissements retentissent et tous courent vers l'avion. Le pilote descend, pose un sac de courrier pas plus gros que le baluchon d'un militaire et prend les quelques lettres que nous avons rassemblées dans un panier. Dedans, se trouvent celle de Mathilde à notre père et la mienne.

Elias regarde le pilote, fasciné.

— Tu es déjà monté dans l'avion, Elias ?

— Oh non. C'est pas possible tu sais, Paul !

— Et pourquoi ce n'est pas possible ?

— Ben…

— Bonjour, monsieur, je m'appelle Paul. Pourrais-je vous demander une faveur pour le jeune Elias qui est un fervent lecteur de Saint-Exupéry. Pourrait-il monter dans l'avion et voir la cabine de pilotage ?

L'aviateur est un jeune homme avec un uniforme impeccable et une belle casquette ornée de trois liserés dorés.

— À toi, garçon !

Lui posant la casquette sur la tête, il aide Elias à monter et le rejoint à l'avant de l'appareil. Me faisant signe de la main pour que je dégage les autres enfants de la piste, il met les moteurs en route et l'avion entame sa traversée du terrain de football dans l'autre sens puis décolle ! Les enfants de Zagarand crient à tout rompre le prénom d'Elias et voient mon grand bonhomme leur faire un signe de main quand l'avion se penche sur l'aile droite. Il survole la palmeraie en direction des sources de l'Izir, décrit une grande boucle dans le ciel et revient se poser dans un tonnerre d'applaudissements renouvelés.

Elias rend sa casquette au pilote et retrouve la terre ferme.

Ai-je jamais vu sourire d'enfant aussi grand ! Les yeux brillants, il se dirige vers moi et me tombe dans les bras.

— Oh merci, Paul, tu verrais, c'est incroyable comme tout est si petit quand on vole !

— Ne me remercie pas, mon grand. On peut toujours demander… C'est le pilote qui t'a fait un beau cadeau ; je ne pensais pas qu'il t'emmènerait dans les airs.

— C'est vraiment magique. Je n'ai jamais ressenti cela !

— Tu sais, les astronautes appellent cela l'effet « *blue turn* ». Quand ils quittent la terre ils commencent par voir leur ville, puis leur pays, puis leur continent, et ils finissent par ne voir qu'une petite bille bleue qui tourne, la terre. Alors ils prennent conscience du miracle que la vie soit apparue sur cette bille bleue perdue dans l'univers !

Papa,

Quelle émotion d'écrire ces quatre lettres : papa.

Quelle chance a celui qui peut encore dire papa !

Papa, c'est le premier mot de l'enfant qui tient à peine debout. Sa première déclaration d'amour. Le premier mot d'une histoire qui s'écrit dans toutes les langues. Le premier mot de tous les écrivains.

Je t'écris donc de Zagarand et vais confier mes mots à cet avion qui atterrira dans quelques jours.

Zagarand est bien plus qu'un pays, c'est une utopie. Certains jours je ne sais d'ailleurs pas s'il existe vraiment ou si j'ai rejoint cette Jérusalem céleste évoquée dans l'Apocalypse de saint Jean.

Zagarand rassemble l'histoire humaine de tous les horizons dans une poignée de sable et de vents. Un confetti nous avais-tu dit quand nous cherchions à savoir où était partie Mathilde. Un confetti, une étincelle, un cristal…

À Zagarand, les femmes occupent une place prépondérante. Maman y aurait été reine. Bien qu'il n'y ait ici ni roi ni reine… Il y a des poètes et des musiciens, des cavaliers et des tisserands, des paysans et des artisans, des très âgés et des très jeunes. Il y a des prairies et des vergers dominés par de grands palmiers, des ocres venus de loin et il y a tes enfants qui t'aiment.

À Zagarand il y a des chemins que l'on ne trouve pas ailleurs. Ainsi ai-je retrouvé la lumière brillante qui éclaire celui de l'amour pour mon fils.

Et je marche, papa. Je marche sur ce chemin. Et sur ce chemin je marcherai toujours avec lui, mais aussi avec toi. Elle est là la bonne nouvelle, papa.

À Zagarand, il y a aussi tes enfants amoureux. Mathilde et le grand Kantara qui ressemble à ces joueurs de rugby de l'hémisphère sud qui t'impressionnent, et Amiane… Amiane est la femme que j'aime. Tout ce que je pourrais écrire sur elle la décrirait avec incomplétude et maladresse. Le regard d'un homme sur celle qu'il aime est forcément unique. Elle aime les plantes et les ocres. C'est la femme médecine du village.

Tu l'aimeras, papa.

J'écris ces mots pour toi les yeux embués. Embués par une promesse que je n'oublie pas. « Les promesses faites à nos pères sont les plus dures à tenir », m'a dit un jour un vieil homme.

Je vais bien, papa.

Je souhaite à tous les hommes endeuillés de leur fils de trouver leur Zagarand et espère pour chacun d'eux la chance d'un père qui te ressemble un peu.

Ton fils qui t'aime.

Paul

Lorsque nous écrivons, les vagues déposent nos émotions sur la grève tels ces minuscules coquillages qui se mélangent au sable. Auparavant, ils flottaient et roulaient dans nos esprits et voilà que leur course s'achève enfin.

Une lettre que l'on envoie va de nouveau les emporter vers un autre. Ils vont se mêler au mouvement des émotions de celui qui va les lire. Et, parfois, déranger les pierres…

L'aviateur de l'aéropostale transporte avec lui des sacs de coquillages.

La lettre à ses enfants de notre père a croisé celles que nous lui avons écrites.

L'une et l'autre ne se répondent pas. À quelques instants d'intervalle, elles auront été passagères du même petit avion sans s'être jamais rencontrées.

J'aime l'idée de ces mots qui ne sont pas réponses, ni même questions mais l'instantané de deux esprits funambules avançant sur un même fil.

— C'est bon cette lettre de papa. J'aime qu'il nous ait aussi rassemblés par les mots. Paul, tu te souviens de cette cabane que nous avions faite avec lui dans le vieux chêne ?

— Bien sûr ! Tu avais peur d'y monter alors qu'il n'y avait que quelques marches !

— Oui, mais pour moi elle était très haute.

— Papa l'appelait « votre cabane perchée »…

— Crois-tu qu'elle existe toujours ?

— Je crois que oui. Mais pourquoi me demandes-tu cela ?

— Parce que, quand tu souris, je revois l'enfant que tu étais dans cette cabane. Tantôt cabane vaisseau de pirate, tantôt fusée ou radeau pour descendre le Nil, c'est finalement là que tu as commencé à raconter des histoires.

— Tu as raison. Et toi tu guettais les gorilles de la canopée rwandaise comme une exploratrice.

— Nous devons nos vocations à cette cabane d'enfants. N'est-ce pas Saint-Exupéry qui dit que réussir sa vie c'est réaliser ses rêves d'enfant ?

— Oui, il a raison…

— Dans la lettre que j'ai écrite à papa je lui ai dit quelques mots sur Amiane. Je crains l'amour qui enveloppe ceux qui s'aiment dans une bulle au détriment du reste du monde.

— À Zagarand, même si le sentiment amoureux peut prendre des formes similaires à celui de tous les amoureux du monde, nos jardins, et ceux dont nous devons prendre soin sont là pour que l'amour ne s'enferme pas dans une coquille égoïste mais que sa joie essaime. Et puis, tu sais, Amiane est la femme médecine. Il te faudra souvent la partager avec ceux qu'elle soigne. Tu n'as pas choisi la plus facile.

Mathilde accompagne ses mots d'un sourire.

— Je n'ai rien choisi, je crois.

— Ne dis pas cela, Paul. Cette femme-fleur était sur ton chemin, mais tu aurais pu la regarder, la trouver jolie et passer sans la cueillir. Mais tu t'es penché, tu as frôlé ses pétales, tu es venu le matin et le soir pour la voir aux différentes lumières du jour. Tu t'es endormi en y pensant et à ton réveil, tu y pensais encore. Alors, un jour, sans doute un jour où tu as cru voir chez elle un désir, elle aussi, d'être cueillie par toi, t'es-tu baissé pour la prendre dans ta main. N'est-ce pas ?

— Tu as raison… et ainsi je suis responsable de ce que j'ai cueilli.

— Pas seul, Paul, car Amiane est un peu plus qu'une fleur… Vous êtes responsables tous les deux, mais ce n'est pas grave tu sais. J'ai appris cela avec Kantara : ce n'est pas grave d'aimer. C'est puissant, joyeux, magique, tendre, un peu déboussolant parfois, mais jamais grave. De la culture de cette légèreté dépend la qualité du soin que nous portons à cet amour. L'amour est tel un feu ; sans air, il meurt et s'éteint.

Après avoir partagé la lecture de la lettre de notre père, nous sommes restés longtemps à faire ce jeu des souvenirs auquel tous les adultes s'adonnent : « Tu te souviens quand… », et bien sûr nous nous souvenons.

Les souvenirs de l'enfance ont un goût de sucre d'orge. Ils chargent aussi parfois le présent de la nostalgie des insouciances perdues. Le temps est à l'égal des ocres, il peut prendre toutes les teintes de l'âme humaine.

— Mathilde, tu crois que Zagarand peut rester ce qu'il est ou viendra un jour où l'on en parlera comme d'une cabane perchée ?

— Je crois que s'il ne reste qu'une seule chose, ce sera Zagarand. Car sa disparition signifierait qu'aurait auparavant disparu tout ce que nous connaissons du reste du monde. Même si nul ne connaît ce pays, il est à l'image de la prière silencieuse des moines des monastères, indispensable pour que tourne la terre.

Mayssa

L'appel à nous rendre au repas résonne et s'élève le chant du soir que j'entonne à l'unisson.

— As-tu vu Mayssa, Paul ?

— Non, pas depuis ce matin.

— Alors nous allons la retrouver pour le dîner.

Mais le dîner se passe sans trace de la jeune fille.

Mathilde, inquiète, interroge Hylia, sa mère, qui n'a pas vu sa fille depuis la veille. Je questionne Elias qui me répond qu'elle n'était pas là non plus ce matin quand l'avion est venu. Mathilde se dirige vers Sabah et demande que l'on puisse interroger le village. Sabah lève son bras et le silence, accompagné des bras dressés, se pose sur les bords de l'Izir.

— Quelqu'un a-t-il vu Mayssa aujourd'hui ?

Une assemblée muette tient lieu de réponse.

— Vous avez remarqué quelque chose ce matin ?, nous demande Hylia.

— Non, comme d'habitude elle est allée cuire les pains avant le lever du jour puis nous avons partagé le repas dans le jardin de Paul.

— Hier, alors que j'étais à la Maison de la poésie, Mayssa est venue me voir pour me demander de lui raconter ce qui se passait au Camp des tisserands, mais je ne lui ai rien dit. Elle était un peu vexée, je crois.

Elias aime beaucoup Mayssa ; je le crois un peu amoureux. Mais les initiations des jeunes ne peuvent être dévoilées à ceux qui n'en ont pas encore l'âge.

Maalik s'approche de nous, avec Kantara.

— Nous devons faire confiance à Mayssa, mais nous devons également nous en soucier et la chercher. Kantara, tu remonteras l'Izir vers le sud. Paul, tu descendras vers le nord. Prenez vos chevaux et une torche et appelez-la régulièrement. Si vous ne l'avez pas trouvée quand se lève le jour, rebroussez chemin.

La nuit durant, je cherche Mayssa la si joyeuse. Je suis inquiet pour celle qui a été mon guide, mais que je trouvais parfois un peu absente ces derniers temps. J'avais mis cela sur le compte d'une enfance qu'elle devait commencer à quitter pour entrer dans la chrysalide inconfortable de l'adolescence.

Quand le soleil se lève, je suis aux confins du désert et n'ai trouvé aucune trace. Je rentre au village et rejoins Kantara qui est allé jusqu'au jardin des sources où personne n'a vu la jeune fille.

Méthodiquement, tous les habitants du village se mettent en quête de Mayssa, ratissant chaque parcelle cultivée, le moindre ombrage de la palmeraie et les rives de l'Izir. Mathilde est très inquiète. Elle qui devait accorder toute son écoute à la jeune fille serait-elle passée à côté de quelque chose d'important ?

Le soir tombé, à l'appel du repas, le cœur n'y est pas quand chacun prononce les mots de gratitude.

Alors que nous nous allongeons côte à côte, Amiane me dit :

— As-tu remarqué le clairvoyant au cou de Sabah ?

— Non.

— Il avait une lumière étrange ce soir, comme si la labradorite s'était réveillée.

— Je n'ai rien vu…

— Dors bien, Paul.

— Dors bien, Amiane.

Je prends la jeune femme dans mes bras et pose sur ses lèvres ce baiser avec lequel s'achève chaque jour qui passe. Amiane s'endort rapidement, l'âme en paix. J'entends son souffle à mes côtés et tarde à trouver le calme, puis je m'endors enfin.

Au cœur de la nuit je me réveille en croyant percevoir un bruit. Je rêvais de Yehili confectionnant un coffre en bois clair. À côté de lui, Mayssa écrivait des mots sur des feuilles et me les tendait, mais je ne savais pas les lire car je ne les comprenais pas. Elle semblait irritée que je ne puisse la comprendre.

Je reste dans la nuit, seul avec mon rêve étrange.

Incapable de me rendormir, sans bruit, je monte sur la terrasse. La lune est presque pleine. Je me souviens avec émotion de ce petit bol dont le façonnage fut ma quête. Je garde en mémoire les mains de Mayssa collées aux miennes afin que je ressente comment montait la terre.

Les enfants grandissent vite en une année.

Soudain, une idée me vient. Et si…

J'allume une torche et me rends dans le jardin de Mathilde que je réveille.

— Mais que fais-tu là ?

— Je ne dors pas et je voudrais vérifier quelque chose. Où est le coffre de Mayssa ?

— Chez sa mère, dans sa chambre.

— Tu veux bien m'accompagner ?

— Mais qu'est-ce que tu cherches ?

— C'est peut-être absurde. Je veux voir ce qu'il y a dans ce coffre.

— Mais tu n'en as pas le droit, Paul. Les coffres sont nos seuls espaces personnels. Personne ne peut ouvrir le tien avant ta mort sans que tu l'y autorises.

— Eh bien, je veux que nous fassions une exception.

— Alors, demande l'accord de Sabah et de Maalik auparavant. Tu peux bien attendre demain…

— Non, Mathilde. Je crois qu'il faut ouvrir ce coffre maintenant.

— Tu sais que l'on ne réveille jamais personne à Zagarand. C'est la règle.

— Alors ne réveillons personne et viens avec moi…

Nous rejoignons la maison d'Hylia, de l'autre côté du village.

Nous entrons sans bruit dans la chambre de Mayssa où je ne suis jamais venu. Un tapis, un lit avec une jolie couverture bleue, et un coffre. Un coffre en bois clair décoré de motifs fleuris.

Mathilde, le regard désapprobateur, me chuchote :

— Tu es sûr, Paul ?

— Oui !

J'ouvre délicatement le coffre.

Une poupée de chiffon, vestige de la petite fille, et plusieurs enveloppes cachetées y sont déposées.

— C'est cela que je cherchais…

Je me saisis des enveloppes et les tends à ma sœur.

— Qu'est-ce qui est écrit sur l'enveloppe ?

— Je ne sais pas… mais c'est le même mot sur les cinq enveloppes. Tu penses à quoi ?

— Je pense que ce sont des lettres de Mayssa à son père et qu'elle est partie le retrouver. Crois-tu que nous pouvons réveiller Hylia ?

— Oui… je crois…

La mère de Mayssa met longtemps à réaliser que nous sommes devant elle. Sans doute croit-elle être encore dans un songe.

— Mais… Qu'est-ce qu'il y a ? Mayssa ?

Mathilde la rassure.

— Non, ne t'inquiète pas. Mais dis-nous. Qu'est-ce qui est écrit sur ces enveloppes ?

— Papa. C'est du touareg…

Hylia ne comprend pas, et moi je suis bouleversé :

— Hylia, nous avons trouvé ces enveloppes dans le coffre de ta fille. Veux-tu les ouvrir… Je pense que Mayssa est partie rejoindre son père.

Hylia décachette avec délicatesse les enveloppes. Certaines ne contiennent que des lettres. D'autres, plus anciennes portent encore la trace de l'écriture maladroite d'une enfant et sont accompagnées de dessins : un cavalier qui tombe d'un cheval, une petite fille dans les bras de son père, un homme et une femme qui tiennent la main d'une enfant sur le bord d'une rivière.

Nous sommes tous très émus.

Hylia lit quelques mots sur la lettre qui semble la plus récente et nous traduit :

Papa, j'espérais que tu reviendrais. Je comprenais que cela puisse prendre du temps, mais le temps passe et tu n'es pas là. Un homme est arrivé à Zagarand. Il s'appelle Paul, c'est le frère de Mathilde. Je l'aime beaucoup. Il m'a raconté que tu étais aveugle mais que tu savais retrouver le chemin de Zagarand puisque tu l'as guidé à travers le désert. Alors pourquoi n'es-tu pas revenu avec lui ? Je ne comprends pas.

Si tu ne reviens pas, je le promets, j'irai te chercher.

Mayssa, ta fille.

Les mots de Mayssa se diluent sur la feuille blanche à chaque larme de sa mère.

— Les promesses que l'on fait à nos pères sont les plus dures à tenir.

— Que dis-tu, Paul ?

— Ce sont les mots qu'Ismaël a prononcés quand nous nous sommes quittés. Je vais aller retrouver Mayssa et l'accompagner jusqu'à son père.

— Paul, tu ne peux pas décider de cela tout seul ! Il faut en parler avec tout le monde.

— Non, Mathilde. Je ne vais pas attendre l'aurore ni l'avis du Conseil des décisions pour faire ce que je dois faire en mon âme et conscience. Je connais le chemin. Je dois retrouver Mayssa avant qu'elle ne s'engage dans les falaises. Je pars avec Sixianne immédiatement. Vous leur direz…

Je vois dans les yeux d'Hylia l'assentiment à ma désobéissance.

— Préviens au moins Amiane…

Fils ailé

Le soleil se lève quand nous atteignons le désert d'Ibrane.

Hylia et Mathilde m'ont aidé à atteler les bâts de la jument sans réveiller personne. Ses flancs sont chargés de pains, de fruits, d'avoine et de deux jarres de lentilles au cumin. Des outres d'eau doivent me permettre de boire et de faire boire Sixianne.

Je me souviens qu'il y a plusieurs mois déjà, Mayssa m'avait demandé de lui raconter le long chemin de Tamara à Zagarand. Je m'étais appliqué à lui détailler chacune de nos étapes. Sur le sable du bord de la rivière, à l'aide d'un petit morceau de bois, j'avais dessiné notre trajet, nos lieux de camps, les falaises des monts d'Heigar et le cheminement dans le désert. J'avais surplombé mon dessin d'une rose des vents où figuraient les quatre points cardinaux, comme dans les vieux livres de géographie. Est-ce à partir de mes seules indications qu'elle est partie ?

Je parle à Sixianne :

— Va, ma belle… On ne s'arrêtera qu'à la nuit tombée. Je sais, ça va être long.

Il faut qu'on la retrouve.

D'après mes calculs, si elle marche depuis deux jours, je peux la rattraper avant les falaises à la seule condition de chevaucher sans discontinuer.

Le soleil est maintenant au zénith, les flancs de la jument sont trempés.

Nous nous sommes arrêtés juste le temps de boire et de manger quelques dattes. J'ai mis un grand chèche bleu pour protéger ma tête. Il s'enroule autour de mon visage et mes yeux ne voient plus que par une petite fente.

Je sens la fatigue de la nuit blanche et m'accroche à la crinière du cheval.

— Va, ma belle…

Alors que la jument galope, je m'endors et, un court instant, l'image de mon fils apparaît, il vole tel un oiseau aux larges ailes au-dessus du désert et son ombre me protège. Mais les rêves ne durent jamais longtemps quand on s'endort sur un cheval au galop… Et je chute au sol.

Heureusement, protégé par le sommeil, je tombe comme un sac, et c'est mieux ainsi. Sixianne revient vers moi avec un air accablé : « Moi je veux bien aller au galop, mais tu dois tenir aussi », semble-t-elle me dire.

Nos fronts se touchent alors que je caresse son encolure humide. De la salive blanche sort de sa bouche et moi je sens du sang couler sur mon œil. Mon arcade sourcilière est ouverte ; ce n'est rien.

Je lui donne à boire, remonte en selle et nous repartons de plus belle.

Le soleil choisit la plus orangée des teintes de l'ocre pour entamer sa course vers l'horizon. J'ai beau scruter les lointains, je ne perçois nulle trace de Mayssa. Je commence à craindre qu'elle se soit perdue en se trompant de direction.

Au loin, le dessin des falaises est souligné par la nuit tombante. Ma crainte se transforme en doute. Qui suis-je pour avoir enfreint les lois de Zagarand ? Est-ce l'orgueil qui m'a laissé croire que je pouvais seul refaire ce chemin dans le désert pour retrouver mon enfant-guide ?

À l'heure qu'il est, le village doit se rassembler au bord de la rivière. Je pense à Amiane. « Tu lui diras que je l'aime », avais-je dit à Mathilde en l'embrassant. Mais avant de quitter le village, sans bruit, je suis retourné chez la femme médecine, j'ai pris une feuille de papier à dessin, porté mon doigt à ma bouche et tracé à l'ocre de Zagarand un rond jaune que j'ai posé sur la petite table où elle prépare ses tisanes.

Vais-je décevoir la femme que j'aime ? Y a-t-il toujours un moment où nous décevons ceux que nous aimons ? Ai-je assez remercié Amiane pour ce qu'elle m'a donné ? La fierté du cavalier a disparu sous les doutes de l'homme courbé en avant.

Et c'est à ce moment, à cet instant précis où je ne suis plus que doute, qu'un faucon en provenance des falaises arrive droit vers moi et se met à tournoyer au-dessus de nous avant de repartir vers les monts d'Heigar.

Fils ailé… Faucon d'Ismaël…

Je me redresse et encourage la jument.

— Va, Sixianne, va !

La nuit est maintenant tombée. Je ne distingue plus les falaises. Encore une heure et nous serons à leur pied. Et c'est alors que je perçois, légèrement sur la droite, une infime lueur dans la nuit. Telle une étoile rouge qui serait tombée du ciel, brille un feu…

Je ralentis Sixianne, assuré que nous allons désormais la retrouver.

Et nous approchons du feu.

Un petit feu au pied d'un rocher. Un petit feu à côté duquel, endormie dans une couverture, une jeune fille dort.

On ne réveille jamais ceux qui dorment à Zagarand.

Je pose ma jarre de lentilles au cumin sur les braises et donne de l'avoine à Sixianne.

— C'est bien, ma belle. On a retrouvé la petite…

Nourris et épuisés, je m'endors à mon tour auprès du feu d'une enfant qui brille dans le désert.

À nos pères

Il fait jour.

Elle m'observe avec un sourire tendre. Croquant dans un petit pain de seigle tout rond, Mayssa rajoute quelques morceaux de bois dans le feu où chauffe de l'eau dans un vieux quart en métal.

— Thé, café ou chocolat ?

Je lui souris à mon tour…

— D'où sors-tu cette expression ?

— Il paraît que c'est ainsi que vous dites chez vous… Avec des croissants… Mais je n'ai jamais vu de croissant.

Assise au bord du feu, la couverture sur les genoux, la jeune fille me fait face. À partir de quel moment une fille devient-elle une femme ? Combien de traversées du désert lui faut-il ?

— Tu sais que tu ne manques pas d'air, Mayssa !

Redevenue grave, elle me tend un thé à la menthe brûlant et, tournant les yeux vers le feu, presque bravache, me répond :

— Je savais que tu viendrais. Je savais que ce serait toi. Ça ne pouvait être que toi !

— C'est bien ce que je dis, tu ne manques pas d'air. Allez, maintenant on rentre.

— Non !

Ce coup-ci, Mayssa me regarde droit dans les yeux. Et je lui souris à nouveau.

— Mais non, Mayssa… On ne rentre pas. Je sais exactement où on va.

— Merci, Paul. Tu sais, en arrivant devant les falaises, j'ai eu peur. Je ne voyais pas le chemin qui fait comme des marches naturelles et dont tu m'avais parlé. Mais il s'est passé quelque chose d'étrange…

— Un faucon…

— Comment tu le sais ?

— Le faucon d'Ismaël ou de mon fils… Comme dans mon rêve. Les anges se déguisent probablement en oiseaux quand ils veulent s'approcher discrètement des hommes.

— Oui, depuis que j'ai quitté Zagarand ce faucon me précède. Regarde, il est là, sur l'éperon rocheux, il nous attend. Alors que j'approchais des falaises, il est reparti vers le nord. C'est à ce moment-là que j'ai décidé de dormir ici et d'allumer mon feu.

— Le faucon est venu me guider à mon tour. Je ne savais plus si j'avais eu raison de partir à ta recherche. C'est lui qui m'a conduit à toi.

Nous avons repris le chemin de Tamara.

Reproduisant les gestes d'Ismaël, j'ai bandé les yeux de Sixianne pour franchir la vire qui domine la

partie la plus vertigineuse des falaises. Je montre à Mayssa les cairns qui marquent les seize embranchements qui guident la traversée des monts d'Heigar.

Dès que le chemin est facile, elle monte avec moi sur Sixianne, sinon, elle est devant. Comme lors de ma venue, il y a si longtemps, quand un enfant marchait devant, guidant les pas d'un aveugle et d'un homme au cœur arraché.

Il y a longtemps… Le temps n'est pas le même pour celui qui marche avec sa tristesse ou avec sa joie.

Le soir roussit les sommets de l'Heigar.

Un surplomb dans la roche devient notre abri pour la nuit.

Quelques bois secs, une allumette et nos regards dansent avec les flammes tandis que la nuit nous enveloppe. Alors je les vois, au loin, là-bas… Très loin brillent d'autres feux.

— Regarde, Mayssa ! Ton père est là-bas… Lui aussi auprès d'un feu qui brûle dans le noir. Demain, tu seras avec lui.

À la lueur des flammes, je vois ses grands yeux briller.

— Tu sais ce que tu vas lui dire ?

— Oui. J'y ai pensé durant tant de nuits.

— Tu es inquiète ?

— Un peu…

Alors que nous approchons de Tamara, le faucon se met à tournoyer en grands mouvements ascendants vers le ciel jusqu'à ce que nous ne puissions plus le voir, et disparaît…

Je souris à mon fils. Et je pense à mon père, à la promesse de Mayssa au sien, aux promesses des enfants à leur père…

— Mayssa, nous allons arriver. Et tu vas retrouver Ismaël. Je vais te confier Sixianne. C'est avec elle que vous rentrerez à Zagarand.

— Mais pourquoi ! Et toi ?

— Même les adultes cherchent et se cherchent. En faisant ce chemin à l'envers, j'ai aussi refait un bout du mien. Tu sais, moi aussi j'ai un père…

Les premiers habitants de Tamara voient arriver côte à côte un homme, une jeune fille et un cheval noir.

De plus en plus nombreux, des hommes, des femmes et des enfants nous observent. Revenant de là d'où personne ne revient…

Parmi eux, un jeune garçon s'approche et nos sourires se reconnaissent. Il repart alors en courant vers le village puis revient en tenant un homme par la main. Un homme aux yeux bandés.

Alors qu'il s'approche, Mayssa s'arrête. Elle reconnaît l'homme aux cheveux gris qui tombent en boucles sur ses épaules… Ismaël fait quelques pas vers moi, toujours guidé par la voix de l'enfant qui ne sait pas, lui, que l'homme aux yeux bandés est un père qui va retrouver sa fille.

Tandis que quelques mètres nous séparent, Sixianne se cabre avec un hennissement et provoque le recul de tous ceux qui nous entourent.

— Tout doux ma belle… ça va bien… tout est en paix.

Je mets mon front contre le sien.

— Je vais te confier un père et sa fille. C'est un trésor, Sixianne, un père et une fille réunis. Prends-en soin ma belle…

Je me tourne vers Mayssa et la regarde avec tendresse.

— Fais-toi confiance. Fais-lui confiance aussi.

Alors seulement elle avance vers son père.

Elle prend les mains de celui qui ne peut la voir et les pose sur son visage.

Les doigts d'Ismaël remontent le long de ses joues, se posent sur ses yeux puis dans ses cheveux, descendent le long de ses tresses et se mettent à trembler.

— Mayssa… dit-il d'une voix douce tandis que les larmes inondent le bandeau devant ses yeux.

— Mayssa… ma fille…

— Mon papa… Viens, rentrons à la maison.

ÉPILOGUE

Alors que je survole la Méditerranée dans l'avion qui se posera bientôt sur le rivage occidental de ma vie, je repense à Elias, à ce bel échange que j'ai eu avec l'apprenti écrivain.

M'étonnant de ne pas l'avoir vu à notre retour de la fête de l'orangeraie, Mathilde m'avait indiqué qu'il avait entamé son initiation de cavalier et qu'il se trouvait au camp des tisserands.

Il avait donc fallu un mois avant que je puisse lire son premier récit.

— Quelle joie de te retrouver, mon grand !

— Moi aussi Paul ! Je reviens des sources de l'Izir où l'on parle encore de toi, d'Amiane et du cheval… Je crois que vous allez inspirer les futurs tisserands ! J'ai découvert l'histoire de l'Apocalypse. Tu crois que l'on peut encore écrire des légendes, Paul, ou elles l'ont toutes déjà été ?

— Chaque jour s'écrit la légende de Zagarand. Tu le vois bien avec la tapisserie. Une légende ce n'est pas seulement une épopée mythique peuplée de princesses et de dragons, c'est d'abord une histoire qui touche l'âme des hommes et fait naître chez eux un imaginaire qui les porte collectivement. Sans récit pour nous rassembler, sans étoile pour guider nos pas, nous serions condamnés à errer, âmes solitaires sans horizon. Tout comme des hommes et des femmes ont écrit les légendes des siècles passés, c'est à notre tour de faire briller des étoiles pour guider les bergers. Mais dis-moi… Tu n'avais pas quelque chose à me faire lire ?

— Si…

Elias me tend quelques feuilles.

Je lis les mots de celui qui pensait ne pas savoir écrire.

Elias raconte la très belle histoire d'un aviateur qui eut un accident d'avion en plein désert. Recueilli par des nomades il fut soigné pendant de longs mois par une jeune femme dont il ne verra pas le visage car l'homme gardera sur ses yeux abîmés un bandeau de tulle sans cesse imbibé d'une huile au jasmin. La femme chantait et caressait sa main avec douceur.

Quand l'aviateur put être transporté, il fut conduit à la ville la plus proche, distante de plusieurs jours de méharée, et rapatrié en France, son pays d'origine. Le jour où il retrouva l'usage de sa vue, il découvrit sur son bras un tatouage en forme de croix du sud et des signes qu'il ne comprenait pas. L'homme entreprit alors de rechercher la femme qui l'avait soigné. Posant son bimoteur auprès des oasis sahariennes il interrogeait les habitants en leur présentant son bras. Mais ni les Touaregs du Mali, ni ceux du Niger ou de Mauritanie ne connaissaient ces signes. Désespérant de retrouver celle qu'il cherchait, il se posa à Tamgrout, au sud du Maroc, et se rendit à la vieille bibliothèque où sont entreposés de nombreux manuscrits anciens. Montrant son tatouage à un vieil homme qui connaissait tous les livres, celui-ci lui apprit qu'il représentait d'anciens signes géodésiques indiquant un point précis dans le désert.

L'aviateur, heureux d'avoir enfin trouvé une piste à suivre, fit décoller son avion en direction de ce lieu situé à côté d'un puits connu uniquement des nomades qui traversaient le Sahara. Survolant le puits il vit trois tentes berbères autour d'un feu, et quelques chèvres. Il posa son avion et se dirigea vers la première des tentes. Là, une vieille femme filait la laine. Dans la seconde trois enfants jouaient et dans la troisième une très belle femme chantait. Immédiatement, l'aviateur reconnut cette voix et s'approcha, mais il se rendit compte qu'elle-même était aveugle. Alors l'homme s'agenouilla, prit sa main et la posa sur son bras. La femme devina sur-le-champ qui était celui qui lui faisait face. Elle se mit à pleurer et retrouva la vue en disant : « J'ai prié pour que tu guérisses. J'ai dit à Dieu de te donner mes yeux et que, si tu guérissais, tu pourrais me les rendre en me cherchant grâce à ce tatouage sur ton bras. Voilà le cercle refermé. Tout est bien ainsi. »

Je suis touché par ce texte.

— C'est très beau Elias. Il y a beaucoup de poésie dans tes mots. Des mots doux et forts à la fois. Et puis il y a plein de symboles aussi. Chacun peut y prendre sa place. Qu'est-ce qui t'a donné l'envie d'écrire cela ?

— Le pilote d'avion qui vient chaque année apporter le courrier de Zagarand. Il me fait penser à Saint-Exupéry. Et puis il y a aussi ton histoire, Ismaël qui a perdu la vue dans le désert, et toi qui viens retrouver ta sœur.

— Tu aimerais être aviateur ?

— Je ne sais pas. J'ai aimé être aviateur le temps de ce récit. Je veux bien être aviateur si je suis aussi écrivain !

Le jeune garçon me sourit.

— C'est la chance de tous les écrivains, Elias. Ils ont le droit de vivre toutes les vies, même les plus incroyables...

Remerciements

Sur le chemin de Zagarand, j'ai été guidé par Louise Danou, mon éditrice. Bénéficiant de sa grande qualité d'écoute et de son exigeante bienveillance nous avons traversé ensemble le désert d'Ibrane.

Valentine Plessy a également accompagné chacun de mes pas avec son carnet et son crayon noir. Que j'aime ses dessins, subtils et profonds comme les meilleurs des thés à la menthe.

Le doux regard de Marie Dos Santos s'est posé sur les jardins de Zagarand avec délicatesse tandis que Virginie Garrett a veillé à ce que nous ne manquions jamais d'eau.

Tel le faucon, j'ai toujours ressenti, volant au-dessus de moi, la complicité d'Hélène Fiamma.

À chacune, ma gratitude.

Table

Cet ouvrage a été mis en pages par

<pixellence>

Achevé d'imprimer en mars 2021
par Normandie Roto Impression s.a.s.
61250 Lonrai
N° d'impression : 2100630
N° d'édition : L.01ELIN000565.N001
Dépôt légal : mars 2021

Imprimé en France